我们生来本是鸟儿，不知从哪天开始就被这个城市圈养了

——笨鸡

骑车、徒步、搭车，
一个都不能少

其实你并不孤独

大香格里拉漫记

笨鸡 著+摄影

哈尔滨出版社
HARBIN PUBLISHING HOUSE

图书在版编目（CIP）数据

其实你并不孤独：大香格里拉漫记／笨鸡著、摄影
.—哈尔滨：哈尔滨出版社，2016.7
ISBN 978-7-5484-2511-3

Ⅰ.①其… Ⅱ.①笨… Ⅲ.①游记-作品集-中国-当代 Ⅳ.①I267.4

中国版本图书馆CIP数据核字（2016）第037467号

书　　名：其实你并不孤独——大香格里拉漫记

作　　者：笨　鸡　著、摄影
责任编辑：滕　达　韩金华
责任审校：李　战
封面设计：吕彦秋

出版发行：哈尔滨出版社（Harbin Publishing House）
社　　址：哈尔滨市松北区世坤路738号9号楼　**邮编：**150028
经　　销：全国新华书店
印　　刷：北京高岭印刷有限公司
网　　址：www.hrbcbs.com　www.mifengniao.com
E-mail：hrbcbs@yeah.net
编辑版权热线：（0451）87900271　87900272
销售热线：（0451）87900202　87900203
邮购热线：4006900345（0451）87900345　87900256

开　　本：787mm×1092mm　1/16　**印张：**15　**字数：**200千字
版　　次：2016年7月第1版
印　　次：2016年7月第1次印刷
书　　号：ISBN 978-7-5484-2511-3
定　　价：42.00元

谨献给西藏十年

三江并流区干热河谷，不毛之地，正午，阳光炙热，土石路上我正在奋力前行。

一位自驾游的朋友“老狼”正好与我擦肩而过，他瞬间抓拍，我却全然不知。上一本书出版后，老狼意外地认出了我并把照片发给了我。

照片拍摄之时距今已整整十年。

FASHION

目录

自序：
旅行之外是生活的绝大多数

这是本关于旅行的书，我却想先说说旅行之外的事。

力量

上个世纪中叶，20出头的格瓦拉骑着一辆二手摩托车穿越了整个南美洲，旅行让他认识了这个世界，旅行结束后他开启了改造世界、改变南美人民命运的新征程。

遗憾的是格瓦拉一百年才出一个。现在我们常看到的是，几个年轻人看不透社会，想不通问题就骑车去西藏了，且不说是否坚持了下来，回来后发现自己更困惑了。

不要期待通过这样的旅行解决所有问题，不要妄图通过行走彻底改变自己。我们会继续原来的工作，或者重新创业，事业的成功在于个人的努力和机遇，盲目辞职旅行会破坏原有工作的连续性。旅行只是生活的一部分，旅行结束，我们终归要回归原来的生活。旅行中你可以选择去哪儿，而生活中更多的是无奈和被选择。

若说骑车旅行的积极影响，它应该是潜移默化的，每每遇到困苦，想起那些盘旋向上的天路就变得淡然。这个世上虽然有许多我们无法改变的事情，但是只要付诸努力并坚持下去，有些事是可以做成的，实现目标的过程有起有落，但是看看山巅的经幡吧，总有一天你会一览众山小。

上坡后必有下坡，付出后必有回报，这是骑行路上的简单哲学，它让你学会忍受，做到宠辱不惊，这种变化也许你自己都未曾察觉。

村上春树曾说人生就像跑步。借用他的话，我想说人生就像骑行，其终极目的是一个人忍受一切折磨，完成全程。只要尽力骑到了终点，就对自己的人生有所交代。

感恩

藏历新年，卡瓦格博雪山下的村民们来到自家的平台，向雪山抛洒糌粑，糌粑飞扬，雪山微笑。不要怪他们浪费粮食，善良的人们正在发自肺腑地感谢卡瓦格博爷爷给他们带来好运，即使自己少吃一口，也要让他老人家尝尝自家新收的青稞。他们感谢雪山，感恩江河，爱护动物，珍爱家园，情感炽热而朴素。

无数次在深山中落难，总有藏人伸出援手，他们视你为孩子，善待你而不求回报，暖暖的酥油茶融化你的心。一路上无数的帮助成了我最大的心结，我永远无法回报。

都市中的我们似乎早已麻木，不会感谢这方水土，也很少感恩家人。对外界贪婪索取，没有节制，觉得世界亏欠我们太多。小到人，大至社会，一个没有感恩的世界是无耻的，这也就有了“因果”，不善待环境，环境必然反作用于你，不自知只会受到更严厉的惩罚。

信仰

漫漫藏区旅途中，藏民们淳朴的笑脸美过他们身后的风景，孩子们的眼睛，大妈的笑声，活佛的面容无不令人动容。纯真的人随车轮飘过，山路伸向天际，我却陷入沉思：这里的生活如此艰苦，却为什么有如此多灿烂的笑容？

日食三餐，夜眠八尺，人的真正需要就这么多，这样的问题只能禁锢自己。就像许多人无法理解磕长头的信徒一样，我们永远无法拥有那份单纯的信仰。

“这个世界不只有眼前的苟且”，只有苟且是件可怕的事。

生与死

对藏族人来说，死后会有轮回，今生的修行会有来世的圆满。死并不是终点，而是下一个生命的起点，他们并不怕死，他们更看重今生的修行和来世。年迈的人在转山途中死去，会被认为是件幸福的事，如有遗憾，唯一的遗憾就是今生修行不够。

生与死的距离其实并不遥远。

那天突然接到好友的电话，里面传来陌生的外地口音，我以为是诈骗差点挂断，几番对话才知道是朋友在上班途中晕倒被这位大哥救起，大哥翻了他的手机通讯录打了很多个电话后才接通到我这里。赶到现场时朋友的情况非常严重，身体僵硬，毫无意识，于是我火速将他送至医院。

朋友苏醒后悄悄告诉我一个秘密，他有先天性糖尿病。他身体健壮，这实在出乎我的意料。糖尿病患者体内因缺失胰岛素而无法正常代谢糖类，所以他需要每天在正餐后给自己注射胰岛素。人体的血糖

须严格控制在一定范围内，高血糖在日积月累下会加重脏器负担并引起严重的并发症，低血糖又会使人体缺少基本的营养供给而昏迷，甚至死亡。原来他早晨吃得太少且注射了胰岛素，导致严重的低血糖，以致昏倒在上班的路上。

一想到那些见诸报端的悲惨案例就觉得朋友命硬。如果没有遇到这位好心的大哥，如果路人抢了他的手机，如果我挂了电话……朋友却笑谈他几次闯过鬼门关的经历。突然觉得他乐观伟大，他对生与死一定有深刻的思考。

我们的父母渐渐老去，一位朋友的父亲癌症晚期去世，那天他哭得伤心极了。他说，一直想陪父亲出国玩一圈，工作忙拖到现在。

我们都在匆匆赶路，对生与死很少用心思考，也许只有离开和失去才会懂得现在的重要。

旅行结束，我们终究还会回来，旅行之外是生活的绝大多数。

好好做一个“俗人”

去年夏天收到一张照片：川藏线某处塌方，密密麻麻的骑行者犹如归巢的蚂蚁铺满了整个公路。这在10年前骑行西藏的时候是难以想象的。

保守估计暑期每天在川藏线上骑行的人数过万，骑行的火爆程度超乎想象并带来了一系列问题：餐饮住宿经营者哄抬物价，搭车服务应运而生，川藏线上驴友连成线，无人区成为集市，景点照相排队，吃饭等号，住宿爆满，搭车须预定，美好的愿景荡然无存。

一路上骑友诸多不文明行为也被人诟病：搭车成风，乱扔垃圾，索要食物，涂鸦路牌，不尊重藏族人的信仰……难怪有人在网上发难，说当今四大俗：城里开咖啡馆，辞职去西藏，丽江开客栈，骑行318（川藏线）。

追求梦想是每个人的权利，旅行固然净化心灵、磨炼意志，但对于冲动上路的朋友，我还是忍不住把丑话说在前面，虽然听起来不是很靠谱：

艰辛

没有海滨沙滩，没有冰镇果汁，没有马杀鸡（推拿按摩），这注定是一场艰苦的修行，而不是一次轻松的度假。

雨路，夜路，高原缺氧，避之不及的冰雹……你需要忍受饥饿，战胜恐惧，说服自己不要因体力不支而退却，还有始终陪伴左右的朋友——孤独。

深夜，一个人在悬崖峭壁上骑行，大雨如泉水般从脸上滑过，默默地告诉自己灯火就在远方。这是我最难忘的经历之一。

皱纹

高原紫外线强烈，晒黑了褪层皮就没事了，但还有皱纹，皱纹是不可逆的。

有人说时光是一把刀子，藏族大叔那深深的皱纹告诉我们紫外线是一把更锋利的刀子。因为个人经历，我拥有比同龄人更深的鱼尾纹，笑起来会突然变成老顽童。骑过的几条进藏线路一路向西，左脸冲南有幸接收到了比右脸更多的紫外线，所以左眼鱼尾纹比右眼多很多。

健忘

某天开始，突然意识到记忆力出了问题。

冲进小超市问老板："你们这儿有没有……"话到嘴边突然忘记了名字。"它热量很高，就这么大，一块一块的。"我开始比画。老板一脸困惑，说："巧克力？" "不，里面有巧克力，还有糖和花生，三个字……"居然成了猜字游戏。最后还是在货架上找到了它：士力架。为什么要起这么难记的名字？

公司电梯里迎面遇到一位挺熟的同事，他叫什么来着？我一下子张大了嘴巴，之后的几分钟我一直沉浸在苦思中。我知道他是哪年进公司的，一起做过什么项目，还知道他有个漂亮的女朋友，就是忘了他的名字，最后我只能悄悄地求助于公司通讯录，从头查到尾……

我还没有老就已经开始健忘了。

我把这归结为高原骑行：本来就缺氧，还要在海拔四五千米的地方不停地做剧烈的运动，多少脑细胞提前死亡了？

寒腿

天气阴冷的时候，膝盖会隐隐作痛，是的，这一定是高原骑行带给我的。骑行于山路，日均蹬踏两万次，再注意也会伤到膝盖，好不容易登上山顶，刺骨的寒风横扫过来，对膝盖无疑是雪上加霜。

骑行对身体的伤害又岂止是膝盖，颈椎、腰椎、手腕、脚踝，任何关节都不能够承受长时间的颠簸。还有男生们的命根子，它不断与车座摩擦，因长时间挤压无法透气，有没有问题只有自己清楚。环法大赛七冠王兰斯·阿姆斯特朗做过什么切除手术上网查查就知道了。

心率

每次体检，大夫都要再测一遍我的心率。“心跳40，太低了。”看着她那焦虑的表情我也担心起来。“你是专业运动员吗？”“不是。”

“经常运动吗？”“现在少一些，之前一直喜欢骑自行车。”

“那应该问题不大。”

专业运动员心跳都慢，我只能这样安慰自己。如此看来这是高原骑行给我带来的唯一好处，尽管这好处看起来不那么确定。

事业

先后几次辞职骑行西藏，原来的圈子没了，回来后你需要在新的公司适应环境，建立人脉，这对个人事业的发展是非常不利的。也许你想说：干吗给别人打工？老子自己干，开一家咖啡馆或者客栈呗！好吧，又落入

俗套了。

生命

川藏线上有两块路碑，4081和 4083。路碑与众不同，上面写满了“春暖花开，生命轮回”“我们来看你了”“一路走好”之类的话，还有人在碑上点了烟。距离2公里的两块路碑注定了相同的命运：同一年，两位车友分别在这两块路碑附近坠崖。

高原反应、塌方、泥石流……太多的年轻生命在这条热血的路上消逝。2011年，一位年轻的骑友翻山时遇暴雨，感冒后高原反应导致肺水肿，不幸离世。2013年，一名北京骑友经过通麦天险时遭遇山体滑坡，被飞石击中头部殒命。同年3月天全县境内山体塌方，骑行者一死一重伤。

大部分悲剧都是骑友自身原因酿成的：出行准备不充分，缺乏安全意识，车速过快，并排骑行，弯道不减速。还记得怒江七十二拐吗？川藏路上最震撼人心的路段，过去因为它是碎石土路，在骑行时苦不堪言，柏油路修通之后，这里却意外成为急速死亡地带，一处弯道竖起了提示牌“前方100米处已死亡XX人”，路牌上的数字每年都在更新。

一天，从武汉来了两个学生，可能是在之前的山路压抑了太久，两人急速俯冲，他们并排骑行谈笑风生，在那个弯道，两辆车子撞到了一起，两人同时殒命，一人头部撞到路碑，脑浆迸裂。

理想很丰满，现实很骨感。

一场说走就走的旅行之后，原来的情况也许不会有丝毫改变或变得更差，一切皆有可能。

如果看到这里你仍要出发，那就和我一起上路吧。

放下自己，活在当下，好好做一个“俗人”。

第一章

笨鸡走滇藏，古道尽头即古城

滇藏，那将是怎样一幅场景？云南至西藏的西北斜线上是古茶道，深山之处是千百年的古道遗迹。金沙江、澜沧江劈开大山，但并未阻挡人们前进的脚步。

滇藏线与川藏线在芒康汇合，当年骑行川藏线走到芒康时，曾经站在那个路口望了好久，彩云之南，那里的山下藏着多少文化之花与自然之宝？

梦中爆粗口

北京—大理

是的，又出发了，千里迢迢只为再次看到那个路口。想到这儿，自己都笑了。

又是一次辞职，是一种被动的解脱。

……

我们常常幻想有个既开心又轻松的工作，赚得再多点儿就更好了。对于大部分人来说，理想是美好的，现实是残酷的，我自知美梦遥远但这次情况更加不妙。跳槽到这家新公司的时候，楼下开着大朵的白玉兰，从土鳖遍地的中关村来到了白领云集的国贸，从民企到外企，以为事业会像花儿一样欣欣向荣，憧憬却被一点点打破：老板是位德裔单身上海老女人，她的多重身份注定了悲剧。我对上海人、单身的人、中年职业女性无任何偏见，而且对很多德国同事的严谨作风极度钦佩，而她对我工作上的要求常常让我想起纳粹集中营。

在我度过了人生中头一个加班的大年三十后，她仍然让我们不停地加班，她不懂技术、喜欢呼来喝去，还爱听小报告。

那段时间我非常苦闷，跟她迎面走过的时候我常常微笑之后又咬着牙根，我为自己变得虚伪而感到沮丧。因为白天工作太压抑，以至于我晚上做梦经常

↑一半苍山，一半洱海，再次来到大理，我已不是原来的那个我

用英文跟她对骂。我就纳闷了：你一个搞石油的干吗来中国做IT公司？老子不干了。

……

一切都过去了，计划、方案和汇报……去你的不够细致严谨。头顶是大理缥缈的云，路边是娇嫩的草，一切似曾相识，再一次骑上自行车，真有种从地狱回到人间的感觉。

对爱你的人无须解释

大理下关—大理古城　　风景★★★　　强度★

我的自行车“小红”直接从北京托运到了大理站。我先飞到了昆明，然后坐大巴去大理。从昆明出来那天下暴雨，汽车站水漫金山，我默默祈祷老天慈悲，后面的路上不要下雨，后来发现只有祈祷是没用的。

大理城晴空万里，灼热的阳光、蓝蓝的天，滇藏行开了个好头。骑车穿过大理市区下关镇北行，一边是苍山，一边是洱海，山中云雾弥漫，湖上微波粼粼，白族民居沿山坡散落，风景惬意，不知不觉中已来到大理古城城楼下。

城门上是镏金的“大理”二字，几年前我曾经在城楼上留影，那时刚刚毕业，公司包机来云南“豪华游”，现如今换了不少工作，起起落落却又孑然一身来到了原点。城楼下导游妹妹挥动小旗向 “小红帽”们讲着什么，从那些人新奇的目光中似乎看到了自己过去的影子——我已经不是原来的那个我了。

天色已晚，酒吧亮起了灯。我住进了城南的一家客栈，这里离古城中轴线很远，安静自然不用说。从客栈出来走在石板路上，向西可仰望苍山，向东可俯瞰洱海，坐在路边吃米线和饵块，看着漫步的白族老人，哪儿也没去，就这么过了两天。

客栈斜对面是家小酒吧，我临走的前一天晚上进去坐了一会儿，酒吧很静，暖色的光照着粗木板凳。老板娘从北京来，放弃了CBD白领的工作到这里找

↑石板路上，可仰望苍山

她的爱人。她个子高挑，长发飘飘，总让人联想到“杜拉拉”，她说她越来越不喜欢北京了，儿时的胡同被四周的高楼挤得像一口深井，地上地下一样的水泄不通，灰蒙蒙的天压得人喘不过气……酒吧的墙上有不少油画：手捧鲜花的白族姑娘，洱海上古老的帆船……这些是他男人的画，男人出去写生了，留一个闺密陪她看店。

闺密是做NGO工作的，去过云南很多偏远山区，包括独龙江，我问了很多愚蠢的问题，譬如：干NGO挣钱不？

大理又叫“失败者的天堂”，越来越多的人从大城市来到了这里，成了老板娘这样的新大理人。问老板娘突然离开了如何向身边的人解释，老板娘讲了个故事：有三个正常人被送进了精神病院。第一个人进去不断地说“我知道地球是圆的”以证明他是正常人，说到第九次的时候，他被强制打了镇静剂。第二个人急迫地告诉医生他是社会学家，他知道美国总统是谁，德国首相是谁……说到某岛国的总统时，他被打了一针。第三个人进来之后什么话也不说，该吃饭的时候吃饭，该睡觉的时候睡觉，当医护人员给他理发的时候他会说谢谢。这样待了一段时间，他出院了。老板娘淡淡一笑：“永远不要向别人解释你自己，爱你的人不需要，不爱你的人不相信，就这样。”

在都市人中，老板娘走出了一条自己的路，守着一条老街，开家小店，招呼客人后来到屋檐下晒太阳，与老街坊聊天，春夏秋冬，像这座古城一样沉静下去。

走的时候老板娘给我拷了不少MP3，说这样一路上就不会寂寞了，她一个劲儿地问我路上一个人寂寞吗，我撇着嘴说天天遇到她们这样的人才不会呢。

不装会死吗？

多年后，认识了新大理人北京妹子IKO，她和老公“虫子”移居大理，两个人和一条叫“曹操”的大金毛过着简单纯粹的日子。老公上山打水，玩独轮车，IKO买菜做饭，读书写字。苍山上长满了各样的菌子，洱海里有各种鱼，IKO跟着白族老人学了一手的好菜，他们还吸引了某著名纪录片的导演过来拍摄。

所谓天堂，都是想象中的天堂。IKO家的村落虽说安静，可前屋后院白族人家的日子却是红红火火，左邻的鸡飞狗跳，右舍的白族妹子的美妙歌喉，前面住家的铁锅铁铲，后面房屋飘来的腌菜味是每天上演的场景。有洁癖的IKO还要和各种壁虎、蜈蚣、大蚊子做斗争。其实生活就是这样。IKO说“九万里悟道，终归诗酒田园”，读书写字固然是诗酒，鸡狗蚊子也是田园。

↑今晨从苍山采下来的菌子，如何分辨可食用和有毒的菌子，须悉心请教白族老乡

想一条狗才孤单

大理古城—鹤庆—丽江　风景★★★☆　强度★★★☆

大理有民谣：上关花，下关风，下关风吹上关花；苍山雪，洱海月，洱海月照苍山雪。今日主题便是从下关赶往上关。从古城出来，极目尽是苍山洱海，却没有了风花雪月，风花雪月只藏在白族妹妹的帽子里：垂下的穗子是下关风，炫目的花饰是上关花，洁白的帽顶是苍山雪，弯弯的造型是洱海月。我头一次听到这些源于古城里导游的扩音器，突然心里空空的，给某人发了一条短信，没收到回复。

洱海广阔无垠，微微泛光，公路上陆续出现了骑车人，有人去蝴蝶泉，有人环洱海，一起同行，有说有笑，巨大的托包使我在队伍中显得另类。苍山下是广阔的田野，田间偶有白族姑娘游走。途经喜洲镇，喜洲是洱海边最有内涵的镇子，白族大院错落有致，这里在明清时期出过70多位进士，抗战时期华中大学的校区也设在这里，这是个驻足小憩的好地方。

上关镇与下关镇呼应，此后告别洱海。继续向北去可走214国道（剑川方向），亦可走省道（鹤庆方向）。选择省道，没走多远面前是一座大山，链条嘎嘎作响，爬坡吃力，这几年在办公室里养了不少肥膘，已不及当年神勇，每次重新开始都是一次挑战。

爬至山顶，脚下一片开阔的田野，山下白族村落及万亩良田一览无余。满

↑前方她的丈夫正在田间劳作，白族姑娘送来了刚刚烧好的饭菜

↓任何登高远眺都是对一路辛苦的补偿

脑子都是当年和朋友们一起骑上山头欢呼的情景，这里却不见一个人影，在山头上默默地啃干粮。刀刀说过：一条狗其实不孤单，想一条狗才孤单。

下山路让人忘乎所以，几十公里的路飞贯而下，坡陡且直，下到坡底，路边居然岔出一条大坡，坡上铺满了松软的石头。原来这坡太陡了，岔出的路是用来帮助刹车失灵的大货车紧急制动的。在松桂镇路边吃米粉补充体力，自从到了大理就开始吃这个，吃到已经快要反胃。

松桂镇之后景观大开，山上的梯田环环相扣，迎着夕阳的暖光。公路绕着层层绿色向上旋转，从白族人家的门前屋后缓缓经过，白族老人不断向我挥手。

天黑抵达鹤庆，县城像是重新翻修的一样，仿古楼占据了主要街道，鹤庆早在明清时期就是白族商人云集的地方，看着那新修的飞檐却让我很难联想到这里的过去。国内多数县城都是这样：扒掉老房子，修个广场，再建个步行街。唯一令人欣慰的是，传统的手艺并未失传：鹤庆火腿，薄片蘸辣椒汁，肉质绵软，味道醇厚，据说这火腿可以保存三年。

如果能在火把节的时候来这里就好了，每年农历六月二十五，各村寨都会支起高高的火把，矫健的男人们爬上火把将其点燃。众人穿着节日盛装欢呼雀跃，不时将松香洒向火苗，燃起烈焰。

从鹤庆到丽江一路都是濛濛细雨，车轮甩出细细的水印。草海镇上，成群结队的白族姑娘赶集回家，手挽手，说说笑笑，亦有白发苍苍的老者，步伐矫健，提着篮子行走其间。雨幕中她们神情泰然，白衣下的彩色裙边若隐若现，有种说不出的美。

草海镇之后旅游大巴一辆接一辆，身上被甩了不少泥点子，意志力被雨水消磨殆尽，脚步失去节奏。一路上天都在下雨，赶到丽江古城时雨水戛然而止，我看看发白的天空乐了。

古城门口是一个巨大的水车，闪动的快门，沸腾的人潮席卷而来，8年前我也曾来过这里，我曾经也是他们中的一员，这是我怀念的那座古城吗？人群将我紧紧包裹，我像个迷路的孩子，奇怪的装备吸引了不少人的目光，我无地自容，我想要放弃这样的旅行。

丽江游牧人

丽江古城—玉湖—束河—白沙—丽江古城　风景★★★☆　强度★☆

三少领着我进入了古城。三少是家小客栈的老板，之前在网上很偶然地看到他家客栈的电话，他家客房已满，便为我介绍了另外一家。即使是这样，他还是特意过来接我，嘈杂声远去，进入古城深处，就像是从北京的王府井到南池子，方寸间切换了世界。雨后的石板路透着亮，随背着竹篓的纳西老人走入深巷。

三少介绍的客栈在文治巷的尽头，两层四合院，竹窗镂空，气息古朴，三少家的店也在这巷子里，叫“Story”。Story楼下是餐吧咖啡厅，楼上是客房和一个古城里少有的大露台，客房只有三间，难怪客满。后面几天我几乎没出过巷子，晚上睡客栈，白天便在Story泡着。

在三少家的咖啡吧里认识了几位他的好友。

阿管：客栈中介、导游、户外达人、自行车行家、杂家。丽江本地人，天天都在古城泡着，只有睡觉的时候才回新城的家。

三七：来自云南曲靖，文艺青年加愤青，和阿管一起打理一家叫做“丽江游牧人”的户外网站。

Only：上海女孩子，Story的常驻客人，美女加才女，爱情事业受挫，来丽

古城里的纳西老人越来越少，丽江面临着过度商业化的问题↑

江疗伤。

Andy：澳门帅哥，与Only在古城偶遇，Only的忠实粉丝，整日跟在Only屁股后面转。

到达丽江之前，就听说丽江是安慰剂，这里除了阿管在为生计打拼，其他人或多或少是得了病到此逃避或寻求治愈的，包括我自己。把自己交给朋友，把时间留给古巷，Story成了我们的据点。在一层听音乐、喝茶、聊天，或者在二层的露台上晒太阳发呆，看古巷中行走的人，晚上还有烧烤酒会。孤单被并不真实的温暖包裹，旅行似乎要画上句号。

应了客栈的名字Story，每个人在这里都有自己的故事。

三少对人的好是那么单纯，他的待客之道总让我感觉像是进入了藏民的帐篷，原以为他把我介绍给别人家是有回扣的，结果我错了。三少在北京创业失败，回内蒙老家被老妈“软禁”在家中，从家里拿了几万块钱又跑出来，最后选择了丽江。他重义气，在他看来，人在江湖漂有了朋友是可以少挨几刀的。三少以为丽江会让生活变好，让人难过的是，他的善良常常被一些人利用，不乏有人蹭吃蹭喝，客栈一直入不敷出。

三七的名字源于北纬37度，三七是个文质彬彬的眼镜男，说到名字他会一板一眼解释，低烧的温度是37度2，这也是情人间相拥的温度，充满躁动与欲望，说话间那两片跳动的嘴唇总让人忍俊不禁。三七已经在丽江整整“混了”三年，目前跟阿管混，负责给阿管拉客，丽江增长的游客并未给他们的事业带

←文治巷，远离四方街和酒吧街，需要治愈的人们长期盘踞在此

来什么起色。为了省下丽江不断攀升的房租，三七直接搭帐篷睡在了三少卧室的空地上，每个月只象征性地交点儿水电费。三七被三少收留，大家称这是三字头的缘分。

Only是文治巷最受欢迎的妹子，长期住在三少家的客栈里。古城里，像她这样的年轻人很多，他们长期包租丽江的客栈，专门用来疗伤，希望能治愈什么。Only长发飘飘，身材高挑，前凸后翘，又有一副好嗓子，举手投足总是那么迷人，她在古城待了没多久就有了疯狂的追求者，譬如Andy。

阿管是“老丽江”，这个圈子的中心，胡子拉碴，不修边幅，颇有女人缘，却一直单身。阿管带团、做客栈中介、搞旅游网站，可以同时做很多事，不想做的时候也可以什么都不干。

阿管尤其酷爱自行车，这让我和他有了不少共同语言，三少的小店里堆满了他的自行车，他的坐骑换来换去，曾拥有过古城最贵的自行车。阿管的老爸是上海知青，老妈是丽江人，老爸是为数不多的没回去的上海人。他从小在丽江长大，经历过丽江的地震，见证了古城的兴起和繁华，谈到古城他总是有说不完的段子。

就这样跟着一群朋友泡在幽深的庭院里听轻音乐享受慢时光。聊天的时候，三七总能一语惊人，他还不到三十岁，但他的话总是具有负能量，在空旷的院子里掷地有声。

“年轻时，我们总是缺乏对自己的正确认识。时而觉得自己能力超群，时而觉得自己一无是处，平凡无能。长大后，经历得多了，逐渐认清自己，才发现自己原来真的是一无是处，平凡无能。”

“大多数婚姻中的另一半其实并不欣赏自己，只不过找不到更好的人。”

……

日子过得很快，觉得整个人都快散架了，于是阿管组织大家骑车去玉龙雪山。

路线是阿管精心安排的，穿越古城、繁华新城、广阔乡野，一路仰望玉

↑纳西女人身披北斗七星，是谓“披星戴月”，早出晚归

龙雪山骑到山底下的玉湖村。玉湖村是玉龙雪山下安静的纳西古村。玉湖村民居兼收并蓄，有精致木雕及石雕，各种花木悬在墙头，生长旺盛。玉湖村有玉湖，湖水清澈，水草摇曳，蓝天白云下的玉龙雪峰倒映在湖中，妙不可言。上个世纪20年代，美国生物学家、探险家洛克来到玉湖村并在此住了27年，他收集滇西的植物种子和标本，并在《国家地理》上发表探险游记，向世界揭开了纳西的神秘面纱。

回来的时候缓下坡，很安逸，中间经过白沙、束河两个古镇。

白沙古镇依然保持原样，土墙灰瓦，纳西老人慢行于街头，民风古朴。白沙镇壁画可以一看，集明清两代白、藏、汉、纳西不同画格，众彩纷呈，揭示出这里多民族融合的历史。

束河古镇，同样有着四方街和大小石桥，青龙河两岸柳树摇曳，河水穿镇而过，宛若束带，古镇由此得名。束河古镇因为人流较少成了丽江的避风港。古镇有一家店的冰饮是必喝的，冰镇的水直抵喉咙，消解了一天的疲劳。

来点儿更专业的吧，隔天阿管带着我跟丽江骑行帮的兄弟们上了城北的象山，队伍穿山林，过坟头，到达象山山顶，丽江全城尽收眼底，三少家的客栈依稀可见。下山的时候才见识了滇西猛男的范儿，碎石飞舞，高头大马沿着陡峭的羊肠小道飞降，小心脏怦怦跳。摔了一跤后，我就老实了，为了不至于鼻

↑白沙镇，土墙灰瓦，民风依旧

青脸肿着继续滇藏线的旅行，后面基本上是推着下来的。

城里城外，就这样在丽江度过了七天的“假期”，丽江的景点一个也没去，8年前来丽江的时候就和旅行团上了玉龙雪山，那时候山上已经游人如织，想想还是不要再给不堪重负的玉龙添麻烦。

Andy还是没能追到Only，虽然有一天晚上我们看到他们两个人醉醺醺地进来，然后Andy架着Only上楼进了房间，楼上传来木板的嘎嘎声……Only最后爱上了一个酒吧歌手。Only的歌声如夜莺，二人在狭小的酒吧中一弹一唱擦出火花，古城里的故事还在继续，而我又要上路了，走之前几个人和我聊起来。

三少：哥们，真想好了一个人？

阿管：路上有困难打电话给我。

三七：好样的，兄弟！

Only：帅哥，那张你喜欢的CD我送给你啦，留个纪念！

骑车走出深深的巷子，与城外的毛主席像挥手告别。那天和阿管骑到了城外，一个老外走过来问我“Chairman Mao”在哪里，我刚想说他老人家不在丽江就被阿管打断了。车轮驶入城外的田野，古城的影子挥之不去，青青的石板，蜿蜒的河，丽江给了我暖暖的阳光，安静的夜。如果旅行不意味着告别，那它或许就不是旅行。

出发的前一天晚上跟三七聊了很多丽江的故事，三七痛恨那些不懂丽江却只会说丽江商业化的人。“除了自己，不要有别人，别人影响了你的视线，其实你何尝不影响别人的视线？难道只有按自己的意愿来不然它就是商业化？”他愤愤地说很多人来了丽江拍几张照片就以它太商业化作为谈资，他们从未深深地接触并抚摸过丽江的温柔。

丽江的现实问题不能回避，城里的纳西人越来越少，古城失去了灵魂，几百年来运转的水系受到污染，酒吧中通过艳遇诈骗的事情已不是新闻。

三七深爱丽江，他眼中的丽江是个矛盾体，他爱丽江的巷子和流水，也对去酒吧寻找艳遇的人们感到厌恶。丽江行将沦为“一夜情之都”，酒吧里男人女人瞄上了一眼，就可以直接回酒店过夜了。三七说，丽江不是安慰剂，很多来丽江的人不是有心理疾病，而是心理残疾，治不好的。

后来才知道，大家先后都离开了这里。 Only和酒吧歌手分手了，三少赔光了钱回家了，三七和阿管吵翻了也走了——两个人在从虎跳峡回来的车上就吵了起来，火暴的阿管直接把三七扔在了路上自己开车回去，倔强的三七一个人徒步走回了古城，三七的创业梦破灭了，直到离开的时候也没有在丽江找到他心中的“37度2”。“真正在丽江长期生活的人不会在酒吧晃荡，不会朋友成群，他们就守着一个小院春暖花开。”三七如是说。阿管还在丽江坚守，游人来了又走，小院里的花开了又落。

↑四方街上的纳西舞步，已成了欢迎游客的固定仪式

就像阿管的那个网站名一样——丽江游牧人，对于丽江来说，其实每个人都是流浪者，都是曾经路过那里的游牧人。

目前，丽江早已开通了至大理及昆明的铁路（2011年）及高速（2014年）。滇藏线上的下一站是香格里拉，2015年元旦，丽香高速（丽江—香格里拉）开工建设，计划于2018年建成通车。铁路和高速的建设加快了人们行走滇藏的步伐，行走茶马古道的艰辛将逐步成为历史。

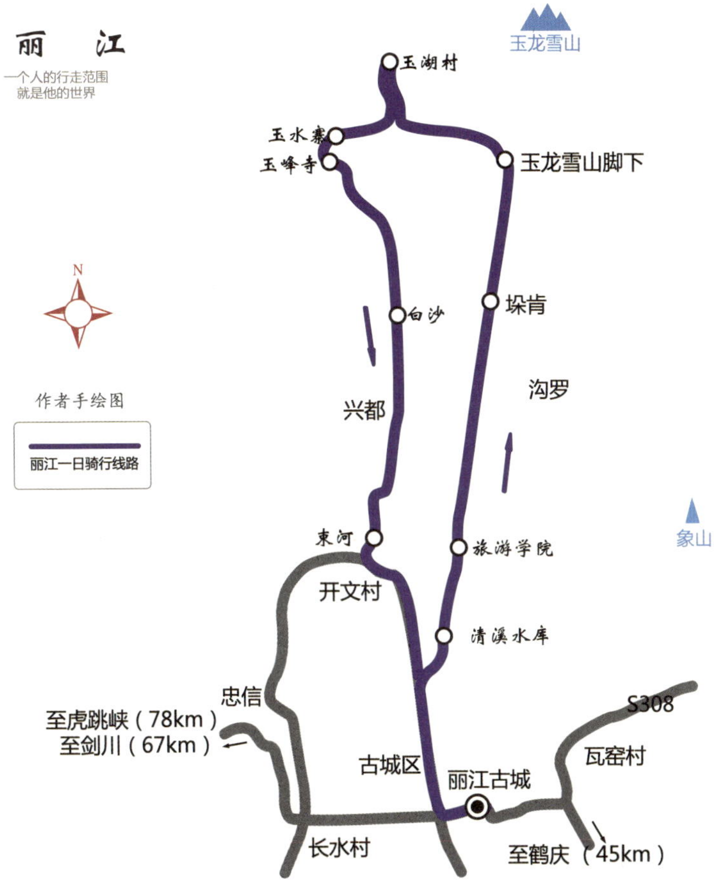

隆隆巨响中的睡梦仙境

丽江—上虎跳—中虎跳　风景★★★★　强度★★★☆

从古城出发经拉市海向西骑行30多公里，翻越一座大山后会再次进入滇藏线214国道。此后一路下坡，山下的金沙江随山体的变化时隐时现，让人心跳不已。一口气冲到金沙江边，江面开阔，缓缓而来。唐古拉山的雪水经过千里奔腾终于来到这里，行走川藏时曾在上游与金沙江不期而遇。从这里向西不远是石鼓镇，金沙江一路向南到达石鼓镇后掉头急转奔东北而去，形成一个巨大的“Ｖ”字，被称为“万里长江第一湾”。在当地传说中，金沙江、澜沧江和怒江是三个好姐妹，三人相约奔向南方。来到石鼓镇的时候，姐姐金沙江梦到了东海，便与两个妹妹告别，独自奔向了东方。然而前路并非坦途，不远处就有玉龙和哈巴两座雪山把守，因此就有了虎跳峡。

沿着金沙江“V”字的右半边急行，江面平静，水边玉米耸立。一条支流从山里蹦出，才知道进入了虎跳峡镇。镇子很小，穿过小桥再次回到江边，瞬息之间，宽阔的金沙江已坠入狭窄的水道。

“金沙水拍云崖暖”，上虎跳来得出其不意，江水汹涌，势如破竹。脚下可见江中巨石，对岸绝壁上还有开凿的栈道，这里人潮涌动，聚集了不少旅游大巴。

两岸山势遮天摩云，山里静得出奇，头顶的崖壁压得人透不过气来。想

↑Tina's客栈，孤零零地立在中虎跳上方的山腰上，给人希望

起了阿管讲过的故事顿时觉得毛骨悚然：一个雨天，土石松动，掉下来一块巨石，砸扁一辆轿车，一家四口无一幸存。落日余晖散尽，岩石变了颜色，江水狂躁，骑得直冒汗，不断地给客栈的老板娘打电话，问到她家的客栈还有多远。

山谷中终于出现一幢小楼，正是“Tina's”客栈。孤零零的客栈建在山腰，旁边一座公路大桥飞架于山涧飞瀑之上，只有在童话中才出现的小屋，让人心中顿生暖意。客栈脚下的谷底就是中虎跳，看不到，却听得见，那声音轰鸣于山谷之间，似与大地共振，这辈子都忘不了。我躺在床上，隆隆巨响入耳却迅速坠入睡梦仙境，那声音磅礴有力却能抚慰神经，很奇妙。

偶遇俩妹子

中虎跳　　风景★★★★☆　　强度★★★

上个月的今天还在公司加班，昨天的这个时候还在丽江的小院里喝茶，今天就在山谷中睡到自然醒，耳畔依旧是巨大的轰鸣，与人交谈必须扯着嗓子，而你似乎早已熟悉了这一切。大山拒现代社会于千里之外，当年徐霞客来到这里看到的也是相同的景色吧。客栈的餐厅是一个露台，正对着大山的峭壁，木桌上已经摆好了早餐。

客栈前的断崖上是一个缓坡，上面开满各种野花。晨光透过峭壁落在草地上，画出一条美丽的弧线，踩在松软的草地上，总忍不住想伸手去抓对面的峭壁。翻滚的水雾蒸腾而上，一条如诗般的彩虹升起来了，似一座桥，惊得你张大嘴巴不知道说什么好。

我决定下去看看。山间小径之下林木茂密，草叶上挂着水珠，脚下的树叶沉积多年，软绵绵的。江水嘶吼的声音越来越近却一直无法一睹真容。下雨了，云雨雾合为一体，雨滴落在树叶上，又弹在脸颊上。

下到谷底，江心一块巨石，中虎跳到了。水势磅礴，顷刻间惊涛骇浪被击为白色粉末，那力量似乎可以搅碎一切，有老虎从此纵身一跃？自然的巨大力量总是赋予人们无尽的想象。

中虎跳游人很少，江边有位卖核桃的老妇人。“石头很滑，不要去踩。”老人一边砸核桃一边叮嘱我。几年前她在这里亲历一场悲剧：一年夏天一对大学生情侣来到江边，男生给女生拍照，女生为了取景一再让男生往后，男生应声跌落江中，生命瞬间被洪流吞噬。双方的父母几天后赶到，男生的爸妈抓着女生的爸妈失声痛哭……

老人还说起了当年的“长漂”，热血沸腾的80年代，中国人为了赶在老外前面完成长江漂流，义无反顾地跳进了金沙江，那个年代的技术装备在今天看来仍难以想象。为了攻克虎跳峡，人们钻进了特制的橡皮密封舱，密封舱里一片漆黑，人如同滚筒洗衣机里的衣服，一切听天由命。鬼门关，有人闯过，有人被留下。在长漂遇难者名单里，我看到一个人的名字，他永远留在了虎跳峡：那天他乘坐的密封舱被洪水撕裂，人飞出舱外被激流卷走，他的队友则幸运地爬上江边的石头。他叫孙志岭，数十名长漂遇难者的一员。江声依旧，那一段尘封的历史似乎已被人们遗忘，遗忘是因为不忍再面对过去吗？

回来的时候是从张老师修筑的“天梯”爬上来的，张老师是虎跳峡的传奇，早在虎跳峡被背包客追捧之前，他和他的学生们就在山间默默地凿山修路了。从那时起山间野路出现了简陋的石阶，途中还有不少“石凳”供人休息，张老师他们还常年在这条路上捡拾被人们随意丢弃的垃圾。

“天梯”堪称张老师在绝壁上修筑的艺术品，与之前的山路不同，它几乎是垂直向上的，忽而石阶，忽而悬梯，悬梯上的铁棍被摸得光亮，紧握悬梯迎着山风仍可以回望虎跳，走天梯正好免去回头路。

回到客栈，遇到了两个徒步的女孩子，两个人一高一矮，像是一对姐妹，圆圆的脸上都架着板材眼镜。两人均短发，脑后都留着一个细长而倔强的小辫儿，松松垮垮的T恤，沾满泥点的冲锋裤，无所顾忌地大笑。

两人刚从虎跳峡山顶上徒步下来，那绝对是条堪称经典的徒步线路，金沙江、公路和那条山路，成了刻在大山峭壁上的三条平行线。路建在高高的山顶上，伸手可以抓到云。

她们不怕“劫钱劫色”，一路徒步搭车。说起我明天要去白水台，矮个的

女孩子冲上来重重地拍了一下我的肩膀：“哈哈，我们也去。”我差点儿跌了个踉跄，真有点儿孙二娘的架势，出来这么久头一次跟女孩子有身体接触还是这种情况，心情有点儿复杂。

这一拍算是成了哥们，她叫小蕾，名字与性格完全不搭，索性称她为雷子。高一点儿的女孩子叫咸蛋，她递给我一张手绘名牌，上面是一幅卡通自画像，脸庞神似一颗咸鸭蛋，小女子好有才。

雷子和咸蛋比我小很多，却拒绝叫我“鸡哥”，直呼我“小刘子”，常常让我有穿越到某宫廷剧的感觉。没想到和她们认识以后，一路上就分不开了。

←云雾散去，金沙江如巨龙般游走于玉龙、哈巴雪山之间

神女显灵

中虎跳—下虎跳—白水台　风景★★★★☆　强度★★★★☆

去香格里拉，只有普通青年才会选择214国道，我们深信。于是两个文艺女青年，和一个莽撞男青年决定走东环线去香格里拉，线路穿越哈巴雪山腹地，纳西文明发源地白水台，堪称凄美惊艳。两人坐每天一班的中巴，我骑车。

为了能在天黑前赶到白水台我起了个大早，山谷中云蒸霞蔚，金沙江如巨龙腾云游走，在公路上与之一同飞奔，那震天的吼声激得我直起鸡皮疙瘩。日出东方，江面反射的光如同龙的鳞片，感谢老天，如果不是骑车下辈子估计也见不到这么壮阔的景色。

山谷渐渐地打开口子，江中亦有连片的石块，下虎跳到了，江水绵长，缓和很多。去下虎跳的路上，在核桃园附近有家山泉客栈，客栈老板娘玛佳来自澳大利亚，玛佳初到虎跳峡旅行便和这里的村民夏山泉相爱，两人在1997年结婚，现在已经有了3个孩子，一家人经营着山泉客栈和玛佳咖啡屋，在峡谷里传为佳话。

告别金沙江公路折向北方挺近哈巴雪山东沿，山脚下是个小村子，村子里猛然蹿出一条狗，汪汪大叫，吓得我魂飞魄散，村民们驻足观望，我成了一道风景。停车一看这家伙比我邻居家的哈巴狗还小，一脚把它踢开，小狗悻悻而

↑浓淡相宜的作物依山势拼接，环绕着哈巴村

归。我叹了口气：内心必须强大！

这话像是给自己打了鸡血，爬山路上一口气没歇，山的那边是另外一片天空：哈巴村静静地躺在山谷里，浓淡相宜的作物依山势拼接，纳西民居散落其间，景象令人心旷神怡！在哈巴村吃午饭的时候遇到了几个来这里学习登山的驴友，他们一个个眼睛放着光，亮得似乎可以看到雪山的倒影，有人指着窗外浓浓的云说，那里就是哈巴雪山，一起上山吧。

传说哈巴和玉龙是一对兄弟，两人一北一南轮流值守，拦住了金沙江的去路，那天轮到哈巴值守的时候，金沙江轻歌曼舞，灌醉了哈巴成功脱身。玉龙醒来发现哈巴放走了金沙，一怒之下拔剑削了哈巴的脑袋，所以哈巴就留下了平缓的山顶。

哈巴雪山的平缓赐福了登山爱好者，因为相对海拔不高（只有1400米），坡度缓，危险系数低，很多登山爱好者都把它当作自己的处女峰。看着驴友们一个个兴奋的样子，我蠢蠢欲动，如果不是和两个妹子有约在先，我可能真就

爬雪山去了。

哈巴之后一路郁郁葱葱，稻田依山势分布，飞越美丽的纳西家园。埋头骑向终点的时候，后面开过来一辆中巴，咸蛋和雷子探出头来大喊：“小刘子，加油啊！” 时间刚好，三个人几乎同时赶到白水台。远远地就看到白水台，巨大的山上像是开辟出一层层玉般的梯田，山体如静止的瀑布般柔美，三人住进三坝乡的客栈。

↓白水台，曾经的“仙人遗田”，纳西文明发源地

白水台

一大早登上了白水台，好一弯水池，碧水映天，在薄雾中宛若仙境。白水台是纳西族东巴教的发源地，这里被誉为“仙人遗田”，传说是东巴始祖修炼之地，实物教学，神灵们以此为样板指导纳西人民如何耕种梯田。每年农历二月初八，纳西人都要来到白水台参加“朝白水”的活动，纳西人杀鸡祭天，每家每户升起炊烟，围成一圈跳阿卡巴拉舞。赶来的人中还有当地的藏族、彝族、白族、傈僳族，他们穿戴一新，载歌载舞，盛况空前。

白水台之上已被层层琼台玉阶覆盖，一层层，堆云凝雪，洁白如脂。阳光下水池晶莹剔透，如银环相扣，又如花瓣相拼。途中路

↑阳光下水池晶莹剔透，宛若花瓣簇拥

←东巴师，纳西文化的集大成者，每一位东巴师都是百宝箱

过“神女显灵”处，宽阔的岩石上有一个狭长的洞，泉水悄无声息地流过洁白的岩壁，洞口有东巴文经旗和香火。旁边的东巴老人款款走来，送给我们几束香，我们点燃香，光脚踩着地上的水走到洞口，老人示意我们额头触碰洞门，他手持松枝吟诵，头碰到石头的一刹那，我们好像受到了某种感召。

回到村里，才知道那“神女显灵”处的洞门是神女之圣物，生殖崇拜啊，难怪看到有纳西女人将手伸入洞中念着什么，这是在祈求生养，东巴文化真是粗犷豪放。我大笑着跟雷子说：“你以后保管生个大胖小子。”

后来才知道自己对“东巴圣女”的了解其实很浅薄，东巴教与佛教、道教有很大不同，前后相距几千年。东巴教不设寺庙，没有僧侣，减轻了社会负担。东巴师在负责传教的同时也从事生产劳动，他们集巫师、医生、艺术家于一身，是纳西文化的集大成者，东巴教历经千年仍在白水台世代相传实属不易。在原始宗教中，生命繁衍是第一位的，东巴圣女不但可以赐福生命，还会给人带来好运和财富。那触摸洞壁的一刻并没有什么好尴尬的，反而会为自己修来福分吧。

为了赶到白水台我骑了整整一天，白水台作为一个“景点”，我只逛了半个小时，如果单以目标计算得失，旅途一定枯燥而沮丧，享受其中并努力感受行进中的每一刻，这才是新鲜的旅程。

要说此“景点”的遗憾也有，纳西人的家庭客栈让大家感到失望。我们和客栈一家人都住在院子的木屋里，院子挂着金色的玉米，一家人笑容可掬，其乐融融的感觉在晚餐后被打破了。雷子看到在院子散步的鸡动了邪念，征得老板的同意，鸡被宰了，我们三个也被老板“宰”了。第二天的早餐更是让人无话可说，稀饭是前一天的剩米饭用开水冲的，庆幸昨晚没有答应主人看他们全家的纳西舞表演。还有白水台上那个热情地给你做景点介绍然后准备收导游费的年轻“路人”，脾气火暴的雷子差点儿跟他打起来。

离开这里时我们深深感叹，即使是在深山沟里，一个地方一旦变成景点，这个地方必将沦落。

↑东环线穿越哈巴雪山腹地，凄美惊艳，充满未知

跟自己讲笑话

白水台—九龙镇—香格里拉　风景★★★★★　强度★★★★

再次上路，天灰蒙蒙的，下雨了。细雨无声，路边的花开了，庄稼新绿。安静中忘记了自己，雨雾中模糊的村庄将我带入梦境。上坡、下坡、山路辗转迂回，我在雨水中冰冷地游走。

“哈哈哈，小刘子！”山谷中的宁静被打破了，中巴车强劲的引擎中夹杂着熟悉的叫喊声，两个女孩子纵声高呼，雷子居然把头伸出车来。跟着中巴车飞奔了好一会儿，直到车屁股吐黑烟开始爬坡。车尾消失在山顶的那一刻有点儿失落，再难见面了。开始怀念三个人在客栈里吃鸡肉斗地主的日子，停车蹲在路边的一块大石头下躲雨啃干粮，我情绪低落，给自己讲打气的话，最后居然跟自己讲了个笑话。

下午时分骑进了一个小村——安南村。雨停了，低矮的屋檐下滴着水珠。我全身湿透，浑身发抖，走进路边的一家小卖部围着炉子烤火，买了盒泡面。店里老人用茶壶给碗面加满水又回到屋角揉糌粑，她额头上爬满了皱纹，花白的发辫缠着粉红色的丝线，是个藏族大妈，原来这里是个藏族村。村里没有旅馆，有人说前面的九龙有，需要再翻过一座大山，我丝毫不敢懈怠又继续上路。国道的骑行攻略不少，这条路连个汽车都看不到，更不要说有什么骑行了，选择了就得担着。

果然是一座大山，公路在山里“绕麻花”，夕阳的光投射在雨后的树叶上，我加速追赶划过山顶的光芒，登顶之时全身再次湿透，这次是汗水不是雨水。迎着风看到了一路上最美的的山谷：森林环绕，溪流蜿蜒，牦牛成群，绿色的草甸上高大的松木点缀其间，缓坡上的栅栏围着一圈圈的庄稼，油菜花田成了那里最欢快的色块，整个山谷一个人都没有。任性地选择了艰苦的东环线，老天却在这一刻补偿了我。

与落日赛跑，脚下像踩着风火轮，天黑时分终于赶到九龙村，村子对面是一座雪山，它冲出层层薄雾跟我打招呼，一下安抚了我焦躁的心。九龙村的妇女顶着大大的斗篷赶路，这是个彝族村。滇西山高路险，走过一个村庄不经意间就切换了民族：白水台——纳西族、安南村——藏族、九龙村——彝族。

九龙村果然有食宿店，小店是村口的一排木屋，边上是一个小卖部，中间是住宿的地方，另一边是个杂货间。小卖部里有台电视机，村子里几个光棍汉赶过来看电视解闷，老板娘也招呼我过去烤火。住宿的屋子多是给过路的货车司机准备的，一间屋子里横着几张木板床，床单已经看不出原来的颜色，散发着重重的异味，今天我就独享这间客房了，晚上一个人躺在木屋里，月光皎洁，通过窗口看到了那座横着的大山，想着它叫什么名字就睡着了。

雨过天晴，阳光灿烂，昨日一路的忧郁、惊恐和烦躁似乎都随着那场雨走了。爬上又一座大山，藏族民居错落有致，正式踏上藏区高原。盛夏时光，春天的脚步刚刚爬到这里，金色的油菜花成了这个季节的宠儿，它们环绕着藏

↓盛夏时节，春天的脚步刚刚爬到这里

↑东环线人不多，需翻越大山不断探索，却总是让人惊喜连连

屋，在山坡上生长，透着欢快劲儿，像是水墨画的重彩。

公路前方升起一座小城，它在大山之下沐浴着阳光，召唤着你，那就是香格里拉。远远地看到一座都市，按捺种种期待，慢慢接近它，用身体和距离打破种种神秘，像是走进了天边的宫阙，这大概就是骑车旅行的妙处吧。

路上我收到了咸蛋的短信。穿过热闹的街道，进入独克宗古城，车轮在凸起的石板上欢快地蹦着，走过深巷来到一栋木楼前。登上露台，桌子上已经摆满咸蛋、雷子做好的饭，暖暖的阳光映照在她们的笑脸上，幸福得不知道说啥好。

昨天还在山沟里忍饥挨饿，今天却在这里享受阳光和美味，这一切太突然。

↑洒满阳光的平台上，朋友们已做好晚餐等我回家：咸蛋、雷子

↑好朋友就像星星，你不一定每天都能看见，但你知道，他们会一直在那里

让我在这草地上撒点儿野

香格里拉　　风景★★★☆

香格里拉之前叫中甸，中甸的名字延续了400多年，中甸在藏语中是“建塘”的意思，与此呼应的是甘孜州的“巴塘”和“理塘”，相传这三个地方是藏王分封给三个儿子的领地。曾经去过巴塘和理塘，由衷感慨“三塘”真是水草丰美、人杰地灵的宝地。之后去了亚丁才知道藏区很多地方都称自己为香格里拉。

↓一切比想象中的还美

茶马古道的驿站沿滇藏路排成线，颠簸劳顿的人们在此蓄积能量，到了香格里拉便会去独克宗古城。我们住的客栈叫作“中转站”，因为年初拉萨的事情，客栈就我们三个人，老板干脆去大理找女朋友Happy去了，留一个白族小姑娘看店。香格里拉海拔高，即使是夏天，睡觉的时候也要电热毯，因为客栈无人，晚上的日子尤显凄冷。独克宗古城的日子就是和这两个野丫头一起度过的。

咸蛋是一个学设计的湖南妹子，今年刚刚毕业，大学的几个寒暑假她已经走遍了大江南北，工作还没着落她就出来了，背着包带着登山手杖告别自己最后的大学生活。咸蛋单纯爱笑，家人宽容理解，今年生日老爸特意送了她一台高配的单反相机。

雷子是某年咸蛋在新疆的路上捡到的。雷子性格泼辣，嗓门大，小钢炮一枚，雷子家在温州，准富二代，家里舒服的日子不过，偏偏喜欢来到山里吃苦受罪。她常常把“想吃肉”挂着嘴上，让人既爱又恨。她的背包里塞了十几件T恤，走到哪里扔到哪里，好处是不用洗。

两个女孩子与丽江古城里的那些文艺女青年相去甚远，她们不怕晒黑、不怕流汗，没心没肺的大笑会吓你一跳，和她们相处毫无压力，省去了很多伪装的麻烦，艰苦的行程变得温暖。

好的旅伴会让你在某个瞬间忘记自己在路上，驴友头顶都是有雷达的，“臭味相投”的自然聚在一起。一路上谁又没遇到过奇葩，高贵冷艳姐，拍胸脯“没问题”大哥，还有心机算尽的小机灵。解决办法很简单，一个字——躲。

咸蛋说过一句大白话“跟谁在一起舒服就跟谁在一起”，路人、朋友，哪怕亲人，累了就躲远点儿，任何违心和敷衍都是在消耗自己，人生苦短，快乐地做自己。

松赞林寺

松赞林寺是云南境内最大的藏传佛教寺庙，号称“小布达拉宫”，同样坐

↑松赞林寺，洗去心中杂念，祈福前路平安

落在山的斜坡上。

三个穷驴踏上了县城里的小公路，按照咸蛋准备的逃票攻略，车还没进景区就下车，我羞愧地躲过售票小妹的目光，她俩像是探访乡下亲戚一样泰然自若。几个人鬼鬼祟祟地钻进了公路旁边的树林里。

转过山路远远地看到金色大殿，顺着高高的台阶迈向大殿，虽不能像信徒那般朝拜，但希望洗去心中杂念，祈福前路平安。大殿后方的侧殿里有位活佛，面容瘦削，我们在随喜供奉的时候，活佛在一旁念经祝福，他送了我两串手珠。雷子把活佛手里长长的念珠要了过来说是要沾沾福气，她双眼紧闭将佛珠在自己的脸上、脖子上揉来揉去，活佛口中亦喃喃自语，像是在做醍醐洗礼。没想到她把那串佛珠递给了我，我效法她，佛珠接触皮肤的一刹那，伴随着低沉的经文，真有点儿头皮发麻的感觉，睁开双眼，大殿上方射出一束光，光束下是活佛淡淡的笑容。

去寺庙的路上，我们遇到了一路上最美的草地。盛夏时节，野花竞相怒放，各色的花儿与绿的青稞交杂在一起，像是天边飞来的毯子。青稞架高高耸立，错落有致，后面的山上是一排写着“香格里拉”的大字。草地上的我们跳着，笑着，像是回到了孩童时代，光彩投在脸上，笑容印在心里，一切比想象中的香格里拉还美。

纳帕海

客栈旁边有一个香格里拉最大的转经筒，经筒几层楼高。每天清晨映入眼帘的就是那金灿灿的经筒，它反射着光，一圈又一圈地旋转像是在诉说着古老岁月的轮回，虽然转经人的身影被围墙遮挡，我还是可以想象他们淡然的神态。

和两个妹子一起去北郊的纳帕海，途中天气大变，未走到湖边就下起暴雨。躲进一户人家，院子尽头是一栋高大木屋，二层有露台，露台上的姑娘向我们招手，示意进去避雨。

雨停了，院子洗刷一新，一台红光闪耀的拖拉机停在中央，墙边码放整齐的木头像是一幅抽象派油画，房屋窗棱雕工精美。一队小藏猪从门洞穿过，它们冒雨回家在院子里嬉戏玩耍。头顶上的云一片片飘过，姑娘做着针线活，我们坐在露台上盯着窜来窜去的小猪发呆。宁静被雷子打破了，在她的强烈要求下，姑娘把她的节日服装拿出来了。内衬，外套，帽子，雷子每穿上一件就逗得大家哈哈大笑，恍惚间让我想起了大学食堂的厨娘。先天条件是差了点儿，还没等我说

↑纳帕海人家，雷子大胆尝试藏服受挫

完，铁拳便如雨点般砸来。

姑娘的爸爸回来了，跨上高高的台阶，我们被邀请进入主人家的正厅。厅内光线昏暗，中间的炉子蹿着火苗，一侧墙壁上是小佛龛，有活佛的照片，还有主席像。暖暖的酥油茶倒入口中，内心沉静，与大叔闲聊香格里拉的传说。

香格里拉就是藏经中描述的香巴拉王国，香巴拉王国是一个精神王国，只有接受灌顶并顿悟的人才可以到达那里。

香巴拉由高耸的雪山环抱，从白雪皑皑的山顶到山脚下的森林，生长着各种花和药草，大小湖泊星罗棋布，青草茂盛，绿树成荫。那里地貌如同坛城，八个莲花瓣簇拥着中间的宫殿，宫殿由宝石和金刚钻铸成，香巴拉人身材魁梧，拥有超凡智慧和力量。香巴拉文明高度发达，它由一条名为“地之肚脐”的隐秘通道与世界进行沟通和联系，并牢牢地控制着世界。美丽、明朗、宁静、和谐、安然、悠远，一切美好的感觉都蕴含其中，我们脚下的这片土地就是传说的中香格里拉吗？香格里拉，意为“心中的日月”，我们心中的日月又藏在哪里？

几个人蹿上了纳帕海的草地，广阔无垠的草地上后是一排远山，海子退却到了很远的地方。咸蛋和雷子在草地上做各种高难度的鱼跃飞翔动作，我这位老人家也似乎受到了感召，飞身跃起。头顶正好升起一片云，一下想到了那首歌：

给我点儿肉，给我点儿血，

换掉我的志如钢和毅如铁，

快让我哭，快让我笑，

快让我在这“草地”上撒点儿野。

古城

独克宗古城里最欢乐的时光到了，古城中心的四方街上，盛大的锅庄舞开始了。藏族大妈们开了头，年轻的藏族姑娘和小伙子加入其中，圈子越来越大，游客们跃跃欲试。没有人会笑你跳得不好，趁着漂亮姑娘转身的时候加入其中吧，因为下一段是手拉手的环节。

古城的最后一晚，为了感谢客栈的小姑娘，我们三个人纷纷上街买菜，每个人做一道拿手菜。客栈的露台上霞光万丈，映红了每个人的脸，不知道高原上这样的好日子还有多久。

广场上再次响起了索朗旺姆那首《金色的故乡》，歌声高亢，感情质朴，似乎要唱碎我的心：

啊！金色的故乡，

是我可爱的家乡！

那里山清水秀，

那里鸟语花香，

那里有最美丽、最神圣的喇嘛庙，

和佛光普照的殿堂，

无论走到哪里，

它们会永远保佑你；

那里有慈祥的阿妈和美丽的姑娘，

无论走到哪里，

她们会永远祈祷。

世事难料，2014年1月11日凌晨， 一场取暖意外引发独克宗古城大火，古城的建筑多为木结构，火势蔓延汹涌，2/3的房屋化为灰烬。古城中的大转经筒幸运逃过一劫，不知道我们曾经住过的那个客栈是否还在。

你真的有病

香格里拉—书松　风景★★★★　强度★★★★

香格里拉之后是梅里雪山，对梅里仰慕已久，“绝美景致都在险远”，梅里居滇西一隅，路途艰辛漫长。沉迷于现在会丧失斗志，“中转站”必定成为我此行的转折，大理的风花雪月，丽江的闲情逸致，独克宗的锅庄舞终将远去，滇藏路真正的艰险开始了。木楼上与咸蛋、雷子挥手道别。

出城的路与纳帕海同向，水草丰美，牦牛成群，满眼翠绿，远处的藏居连成一条白线，好似给大山镶上了素雅的裙边。路上居然又一次看到了松赞林寺，它耸立山间，金灿灿的，像是与我道别。

登上山一睹纳帕海的全貌，湖面退却于深山谷地，独享宁静，那天我们并未继续向前走，以为湖已变成了草原。

下山路深邃而漫长，我却从中找到了新乐子：2015、2008、2000、1996……国道里程碑带我进入时光隧道，每经过一座石碑，当年的经历就不自觉地浮现在眼前，嘱咐自己遇到了生日的路碑一定要留下来拍个照。

山腰上横着一个小村子叫尼西，村子以黑陶闻名天下，村里百户人家以做黑陶为生。走进一户藏族人家，大叔热情地招呼我喝茶。杯，锅，碗，家中的黑陶一应俱全，造型粗犷，像大叔的面容一样亲切而淳朴。

↑里程碑与时光吻合，每经过一座石碑
当年的经历就不自觉地浮现在眼前

↑黑陶，尼西人烹饪佳肴的必备神器

尼西黑陶已经有3000多年的历史，大山赐予了尼西人优质的陶土，陶土就藏在尼西村附近的山里，做好的陶器直接在空地上用草烧，旺火中加入松针，红色的土就变成了黑色，黑色是藏族人最喜欢的颜色。尼西人还是延承着古老的传统：他们用黑陶烹制佳肴。陶器的出现使人类告别了只能用“烧烤”加工食物的时代，尼西人用黑陶制作酥油茶，煮菜，烹制牦牛肉。最近几年尼西的黑陶炖土鸡成了滇藏路上的名菜，跟川藏线上的鲁朗石锅鸡有一拼。

尼西之后是连续30公里的陡下坡，路在千峰万仞之中纵横切割，远远的谷地上平躺着一根银丝，像是老人的白头发，那是远方的公路吗？天地之大观尽现。垂直的山脊上分布着星星点点的藏屋，像是屏风上的白花，藏屋耸入云端，被青稞田环抱，苍凉之中露出勃勃生机，几条淡淡的细线迂回其中又伸向天空，那是不可磨灭的茶马古道，为坚强的生命印迹而感动。

←山脊上的藏屋像是屏风上的白花，连接白花的细线是茶马古道

断崖上的喇嘛塔桑烟滚滚，我亦相信山神存在，没有众神护卫，便没有那些飞在空中的藏屋和马道。自行车在山间旋飞，车轮嗡嗡作响，风劈头盖脸地砸来，似乎已忘记了一切，双手发麻才又从梦中清醒，滇藏路一点儿也不比川藏路逊色。

山谷中的“银丝”变成了现实中的公路，公路与金沙江相遇之时已进入四川得荣，江边有座伏龙桥，伏龙桥是两省三县要冲。跨桥来到南岸，再次回到云南省，大桥边有座废弃的吊桥，名曰“贺龙桥”，纪念贺龙带领红军从此过江，后来此桥被改为“伏龙桥”。

过桥溯江而上再次与金沙江同行，滔滔江水，像是久未谋面的朋友，绵延数百公里后它将进入虎跳峡。下午一路上都是典型的干热河谷地带，热浪滚滚，口干舌燥，路边的草也蔫成一团。这里海拔低，暖湿的西南季风到达金沙江前，要翻越云岭高山，到达这里时，海拔降低，温度上升，挥发量随之加剧，到达谷底时已经干热难耐，所以就有了“西南干旱中心”之名。

江对岸是四川得荣，也有一条平行的公路，一辆卡车正在开往稻城的路上疾驰，车很远，引擎声却在山谷中轰鸣不绝，水已喝完，干谷中被炙烤的我，行将虚脱，轰鸣声刺激耳膜不断产生幻觉。

熬过干热的16公里，终于抵达奔子栏镇。奔子栏，藏语的意思是“美丽的沙坝”。这里自古就是茶马重镇，马帮在此休整，补给草料，如今这里依旧是翻越白马雪山的补给站。往返香格里拉和德钦的班车都会在此停留用餐。过去云南这边并没有路，走滇藏的马帮要沿江 “借道川地20里”到达渡口，然后渡船才能赶到奔子栏，直到今天，奔子栏与对面的四川小镇之间仍然有悬索渡船往来。

到达这里已是下午4点，在路边小店里吃了一碗西红柿鸡蛋面，一大碗下肚胃里仍觉得空空如也。“再来一碗。”老板瞪大了眼睛，第二碗也是吃到汤都没剩，自虐骑行就是这样，抛掉一切优雅，瞬间变成一头猪。

“不作死就不会死。” 我们总会为自己的固执埋单。奔子栏之后是滇藏路上最陡的坡，鼓鼓的肚子成了拖累。自行车之上双腿几乎无法交错运动，每踏一步，肚子就挤得厉害。肚皮快要爆裂，胃里的酸水一阵阵往上冒，顶到喉咙又生咽了回去。“你个吃货，让你吃……”絮絮叨叨做着忏悔，额头上豆大的汗珠已经掉下来了，腹腔膈膜也快要破了。

强作欢颜瞅着路边的小花，让自己慢点儿，再慢点儿。陡峭的山路上自行车似乎已经静止，头顶是狰狞的崖，我变成了被它凝视的蠢蠢的黑点，从来没有这么绝望过，黑压压的云飘过来，林木飘摇露出了阴森的嘴脸，几道闪电映白了我呆滞的面孔。雨点砸下来了，瞬间变成了瓢泼大雨。

山上的灌木被狂风肆意撕扯着，路边的水很快汇成滚滚洪流，洪水漫过了

↑金沙江似从天边飘来，形成了一个马蹄子

公路，在车轮下激荡起浪花，我一下子成了落汤鸡。雨水拍打着双眼，视线模糊，风灌入口鼻，窒息。继续前行已无可能，往回骑找了一处稍微有点儿倾斜的大石头，身体紧紧贴着石壁躲雨，瑟瑟发抖。

一辆旅游大巴从雨幕中穿过，车厢里亮着暖暖的灯。我背过脸去，实在不想让车窗里的游客看到我的窘相，不断咒骂："你他妈的还真是有病，怎么骑车到这里来了！"

暴雨适时收手了，雨势小了很多，再次上路心情失落到底，湿透的衣服完全裹在身上，来一阵风就双手打颤。雨时大时小，躲进了路边的一个工棚，几个藏民正在烤火，得知他们正在修一个观景台。哪里有景？一个小伙子指着公路旁边的小土包。

绕过这个土包我一下子呆了！一个巨大的"Ω"形马蹄湾，滚滚江水似从天边飘来盘绕在日锥峰脚下，撼人心魄。江边还镶着一条整齐的白边，就是那条去稻城的公路，下午还曾与它同行，现在它却早已沉入脚底，一步步地积

↑在夜路中，我常常幻想回到那平坦开阔的高原草甸

累，成了现在的高度。换个视角，山川所呈现出来的景致是如此不凡，想想山神们都是这样自在地俯视大地吧！

雨中骑过了一座寺庙——松竹林寺，寺庙在云雾中飘摇不定，让山谷显得更加荒凉，一切都变得不真实。是否一觉醒来，这些骑行，这些暴雨，这些山路只是自己在课堂上打了个盹做的梦？孤独的行走更让人接受心中的虚无。

雨停了，噩梦还未结束：天黑了，我不知自己身在何方。

抬头仰望前路，大山如水墨般融入昏沉的夜色，模糊不清。月光被浓云紧紧包裹，并未光顾这片山谷，今夜何去何从？只记得车友在日记里说山上有个可以投宿的村子，叫书松。在远山中寻找微弱的灯火，啊，它像是银河外失落的星星，成了我的指路明灯。

悬崖就在脚下，谷地里回荡着凄冷的激流。山里一片漆黑，路却并未因此降低坡度，一切静得可怕，车轮摩擦沙石的路面发出“沙沙”声，唯此可以温暖你的心。要么战斗，要么在惊恐中死去！

用心给自己编织一个梦：书松，暖暖的酥油茶，香甜的糌粑，大叔的笑脸。没有停止脚步，时间被无限拉长……书松，一片松林下有很多读书的小孩子？已经无法停止臆想。

↑大山中的那处村落，成了我赶路的唯一期望

晚上十点，山谷中突然亮起灯火，书松到了。这里没有松树，也没有读书的孩子，一群藏族青年在路边喝啤酒打台球，还有几个醉醺醺的藏族小伙子在打闹。走进了白马雪山中唯一的一个旅馆，20块一晚，一人独享四人间，湿透的衣服和装备铺满了整个房间。没有酥油茶，没有糌粑，一壶开水泡面足矣，剩下的水擦拭身体使体温尽快上升。高原淋雨感冒后果是严重的，曾经有位骑车的朋友因为淋雨感冒导致肺水肿永远留在了高原。

钻进被窝的一刹那突然浑身解脱，从蛮荒时代迈进了文明社会，感激这暖暖的被子，感激挡雨的房间，感激生命得以延续。

小时候常常盼着父亲给自己买糖葫芦，那晶莹剔透的糖葫芦是我的梦。长大以后梦想变得复杂艰难，吃糖葫芦的快乐越来越少。大雨之后幸运地钻进了这个暖暖的被窝，居然有了那种久违的幸福感，它像小鹿一样撞向胸怀，简单而直接！

“我们的烦恼多源于那些表象的比较及内心的计较，表象的错位会导致内心失衡。生命的光阴中，审视自己内心的需求，抛开虚无，幸福才是自己的。”

这并不是一个人的旅行

书松—白马雪山—德钦—飞来寺　风景★★★★★　强度★★★★★

白马雪山是滇藏路上最艰险的路段之一，它也是朝拜梅里的最大屏障，很多人为此望而却步而与梅里失之交臂。对于骑行者而言更为艰险，就在前一年，这段路，一个妹妹独自行走，因为山路太长骑到天黑，不慎跌入山谷，车把穿过胸腔。告慰，铭记。漫漫山路等着你，必须早起，五点钟不到挣扎着跳出被窝，这相当于内地的四点，天还是黑的，继续泡面，开水隔了一夜，舌尖温热。

屋外的天空如浓墨般沉重，路面反射着灰蓝的光，这正是黎明前的黑暗。偶遇大卡车把司机吓了一跳，不断鸣笛问候，卡车顶着夜灯继续下山了。我仿佛是在为昨天的夜路写续，关于黑色的强烈记忆粘连在了一起，温暖的睡眠好像从未存在过。

天亮得很快，黑、灰、灰蓝、蓝、蓝白、灰白……我气息沉重，与自行车的孤影见证新一天的开始。身体渐渐温暖，阴冷的潮气散了，想起来笑了，我这个经常睡懒觉的孩子居然自觉晨练。

晨光出现时已进入了白马雪山的腹地，阳光投射在树梢上，鸟儿叫了，薄雾飘摇，空气中弥漫着松果的香味。时光的印迹让我产生错觉：路边的树林变成了深邃的地铁轨道，行色匆匆，钻进车厢融入拥挤的人群……你越不喜欢的越难以忘记，如梦中惊醒，原来路上只有我一人，抓住这一缕光，它如此宁静！

山路曲折，不知从何时开始我已经喜欢上了这蜿蜒向上的感觉，每一处弯道之后必有另一番景致，在不断的惊奇中满足自我，走过的路也在实现从量变到质变的飞跃，很多事情都是这样吧，不会一帆风顺，却在不知不觉中改变。

路边冒出一排整齐的房子，这里是白马雪山文化技术学校。教室被漆成了米黄色，屋前是一片空地，空地上的积水映着蓝天，边上是一个孤零零的篮球架。荒芜的大山中看到这些总是让人感到温暖。

轻轻推门走进教室，教室里空荡荡的，板凳被整齐地架在桌子上。教室的尽头弥漫着炊烟，一位喇嘛正在做早餐。他的汉语说得磕磕绊绊，却露着无敌的笑容，交流了半天才知道他是这里的藏语老师，孩子们放暑假，学校只有他一个人。

其他老师呢？喇嘛指着山里示意带我去看另外一位老师，出发前他还热心地给我灌了两瓶热水。我骑车在山路上绕来绕去，他在林子里抄小路前进，身

↓白马雪山学校教师恩主和教藏语的喇嘛

↑白马雪山文化技术学校，雪山脚下的标志性建筑

↓学校被森林环绕，孩子们放暑假，只留下空旷的操场

手矫健如同牦牛，两人不时在林间相遇而笑。在林中的一座小木屋旁见到了汉语老师，他正在吃早饭，招呼我一起吃饭。老师叫恩主，年轻帅气，是白马雪山土生土长的大学生。我说恩主在这边教书真是辛苦，恩主话不多，只是摇摇头说“不辛苦”。

在记事本上写下“恩主”两个字，说他是孩子们的“恩人”或者大山的“主人”都不为过，大山中的他给孩子们带来了无限的希望和可能。与两位老师只是一面之缘，很多话藏在心里并没有说。

学校后面的公路变成了石头路，石头由水泥拼接起来，骑在上面颠得人五脏六腑往外跳。柏油换成了石头实为不得已，白马雪山一年大部分时间都被大雪覆盖，山高路陡，石块可以增加轮胎的摩擦力，保障行车安全。

太阳高升，昨日的雨水蒸腾而上，形成浓雾。雾将我紧紧包裹，路瞬间变成了未知的题解。如果只是盯着山巅一定会备感压力，现在每一步都走得踏实有力。一阵风吹过，雾被撕开了一个大洞，高大的松树露出头顶又迅速消失，仙境般变化莫测的云让我看呆了。几十里的石头路颠得我也快“疯癫”了，为了让紊乱的神经安静下来便将注意力集中在安静的物体上：凝视路边的野花，眺望林海深处，猜想那里或许有滇金丝猴。

白马雪山的腹地藏着滇藏的宝贝滇金丝猴，滇金丝猴有两片厚厚的嘴唇和漂亮的双眼皮，博得众多粉丝的喜爱。然而它们的种群少之又少，自被列为濒危物种之后数量有所恢复，但即使到现在也只有1000多只。想看到野生滇金丝猴需要极大的耐心和体能，某些专业摄影师在白马雪山拍摄3年也只有两次看到野生的滇金丝猴。

骑行至中午终于登顶。正在奋力爬上坡顶的时候，后面开过来一辆越野车，越野车贴身减速。侧目一看，车窗里是雷子和咸蛋！她们摇下车窗兴奋地冲我大叫，雷子从车窗里递出个红红的苹果。后来才知道她们为了能和我一起赶到梅里，特意在香格里拉多玩了一天。

在孤零零的山头上，我把那个苹果的核都啃光了，这是我这辈子吃过的最好吃的苹果。翻开海拔图惊讶地看到一个倔强的“W”形：白马雪山居然有三个垭口，三个垭口似乎很谦让，差不多一样高，这是在我以前的骑行经历中绝无仅有的。

深呼吸，俯冲下去，继续攀登第二个垭口，垭口之间打开了一扇大门，厚厚的云层下是宽阔的雪山，雪山的沟壑之间林木如绿色的海洋般奔腾不息。不断俯冲爬升，终于翻上了白马雪山的最高垭口，山风猛烈，经幡攒动，我立在那里如释重负，心中的幸福和感激难以言表。垭口石头上标注着的海拔为4292米，大巴上跳下来兴奋的驴友，抱着大石头留念。我

↑卡瓦格博高高耸立，臂膀宽阔如大地之神

想过见到它时的种种场景，这时却只能呆立一旁，静静地看着安静地看着他们，也许一念之差我也会成为他们中的一员。

垭口切换了整个世界，白马雪山的另一端是一片快乐的海洋。踏上自行车迎风骑行，凝固的背景如同被打破的坚冰，时间指针飞速旋转，超越一辆辆旅游大巴和越野车，每次超越都伴随着车内的一阵惊呼、尖叫。猛烈的风、流动的背景和欢呼声萦绕耳畔，我被这一切刺激得眼眶发热，真的变成了鸟儿！

山顶上的陡坡结束了，重力加速失效。一辆辆大巴再次从身边经过，幸福和快乐的节目再次上演，欢呼声充满了整个山谷。一个哥们居然把整个上身伸出了窗外，迎着风向我大喊“加油！”，又一次搞得我眼眶湿热，原来这并不是一个人的旅行！

如果幸运，整个滇藏路上最让人欢呼尖叫的日子就要到了。“梅里雪山”这四个字一直卡在我的喉咙，却不敢发出半点儿声音。心中默默祈祷，祈祷拜见梅里十三峰。很多人往来于滇藏路多次，仍不能一睹其芳容，更不要说昨夜下雨，今早大雾，白马雪山主峰也是滚滚云层，我忧心忡忡又充满一线希望。雪山就像爱人，向她表白，在得到答案之前惴惴不安，即使有种种猜测仍满怀期待。

一切太突然，转过一道山口，梅里太子十三峰一字排开，主峰卡瓦格博高高耸立，山脊雪线清晰可见，宽阔如大地之神，它就这样毫无保留地呈现在我的面前了。想过见到它时的种种场景：热泪盈眶，哭，大叫……这时的我却呆呆地立在公路旁，静静地看着。他，更像是我久未谋面的一位朋友。

公路在山腰上向前伸展，成了真正的观景长廊。骑车冲入雪山的怀抱，酣畅淋漓！人们赋予雪山力量和威严，在这样的自然大观中，人是如此渺小，昨夜的那场雨，那段夜路是多么微不足道，也许正因为这些遭遇今日梅里才得以一露真容。

一路忘我地骑进了德钦县城，德钦县盘踞山中一隅，清新脱俗。继续前行10公里到达飞来寺，飞来寺坐落在大山的缓坡上，与梅里雪山对望，中间只隔一条澜沧江，是距离梅里最近的观景平台。雷子和咸蛋早已等候多时，再次相遇，各种鬼叫。飞来寺上的驴友们已经沸腾好一阵了，据说前几天雪山一直被阴霾笼罩，今天下午才露出真身！

梅里雪山是上天赐给我们每一个人的礼物，遗憾的是，当年滇藏路上很多开放的观景点如今都已经改造成“封闭”的观景台，如金沙江大湾观景台，雾浓顶观景台，想要一览胜景都需要购票，而且必须是梅里雪山套票。雪山如此宽厚，人心何须狭隘？

←骑车冲入梅里怀抱，终生难忘！

第二章

转山，梦回梅里

“身体下地狱，眼睛上天堂”，这段被驴友们用滥的台词，第一次听到它，是在一段关于雨崩的游记里。雨崩，离卡瓦格博最近、海拔最高的村子，雪山环抱，是为数不多的须徒步才能进入的桃源。

早在驴友进山之前，就有大批信徒来到梅里转山，进入雨崩的路与藏人转山路部分重合，穿过泥泞的山路，翻越垭口，带着某种另类的艰辛和凄美。藏人相信，转山途中尝遍六道轮回之苦，洗清罪孽，便可换回来生美满。探访梅里，亦是一次心灵之旅。

旅游开发之悖论

飞来寺—明永冰川—西当温泉　　风景★★★　　强度★★☆

飞来寺是滇藏路边上一条不长的街，沿街小店受到上天恩宠，从房间的窗户里就可以看到梅里雪山，宽幅的梅里套在窗框中，好似一幅画。早起看日出，梅里退回云雾中，大家有点儿失望，自行车寄存，准备跨过澜沧江亲历转山劳苦。

小巴飞驰在滇藏公路上，三排座的小巴坐满了人，后备箱也被大包堆得满满的，车子里有和咸蛋一起从香格里拉搭车过来的朋友，大家准备先去明永冰川。路架在山腰上，深涧中澜沧江随摇摆的路时隐时现，每当看到江底，车上的人就发出“啊啊”的惊叹。

车子向西走了几公里便离开了滇藏路盘山向下，澜沧江越来越近，谷底一座大桥横跨江面。买票进山，车里一个长胡子大哥居然拿出了残疾证逃过了门票，让咸蛋的学生票逊色不少。拿过来一看，残疾证上写着“听力障碍”，大哥说他环游中国一年，为控制成本不得已而为之，感叹江湖中总有高人。

过桥向右，见到远处的山闪着耀眼的光，那便是明永冰川了。梅里雪山有明永、斯农、纽巴和浓松四大冰川，明永冰川是最长的冰川。车到山脚下，须徒步上行，密林中山路陡峭，大家看冰川的心情也没了。树林之后是几乎垂直向上的实木栈道，用骑车时的精神胜利法鼓舞自己向上爬。路上有不少大叔大

↑骡子，区分背包客和腐败游的重要标准，也是这里藏民收入的重要来源

婶坐在木梯上大口喘气摆手放弃登顶，又不断给我们这些继续攀登的年轻人加油，气氛很欢乐。

栈道的尽头是一个宽阔的观景台，白色的冰川从山顶倾泻而下，冰塔林层层叠叠，蔚为壮观！观景台悬空建在冰川之上，冰川近在咫尺却无法接触。我想起了当年在西藏米堆冰川的情景，那时候和好朋友踩着冰往上走，还嚼冰吃。咸蛋和雷子是第一次看到冰川，很兴奋，三人坐在木椅上盯着冰川发呆。突然山中发出巨响，一座小冰山轰然倒塌，坠向深渊，大家张大了嘴巴目瞪口呆。

因为靠近公路，明永冰川是梅里雪山开发得最成熟的景点。栈道隔离了游客和冰川，但对架在冰川上的栈道我总觉得怪怪的，下山的路上一直和咸蛋讨论这个问题：也许这里就不应该开发，当地人似乎并不这么认为，不开发景区维护费又由谁承担？路上碰到明永村的扎西大叔，每年夏天他都用自家骡子驮游客下山，扎西笑着说儿子上大学了，学费全是这骡子赚的，种青稞的收入根本不够。旅游开发和环境保护永远是一个悖论，这里也不例外。

相对明永，梅里的雨崩幸福很多，它藏在大山深处，与世隔绝，去雨崩需要徒步翻越一座大山，西当温泉是登山的起点，当天下午我们搭车来到了传说中的温泉，柏油路也走到了尽头。大家在这里休整，为第二天进入雨崩养精蓄锐。

这里只有一家旅店，旅店的温泉浴室是一排红砖砌成的小单间，简陋得让人误以为是厕所。粗粗的水柱毫无顾忌地砸向头顶，热浪似乎要将整个人打昏，那种快活劲儿好像要带你进入另外一个世界。旅店的房间同样简陋，一间大屋子里有十几张床，洗完温泉的驴友们神清气爽，躺在床上聊天，憧憬着他们仰慕已久的雨崩。

↑明永冰川，梅里雪山最长的“舌头”，我们在安全的观景台上目睹了雪崩

梅 里
一个人的行走范围
就是他的世界
至西藏盐井(103km)
滇藏公路
至德钦(10km)
至香格里拉(191km)
G214
明永
柏树桥
明永冰川
永宗
永宗桥
飞来寺
3300
观景台
西当
澜
西当温泉
卡瓦格博
（太子峰）
6740
沧
扎郎
江
笑农大本营
3500
上雨崩
冰湖
3920
下雨崩
那宗拉垭口
3700
巨达普
尼农
牧场
尼农桥
佳碧
吉娃仁安
（五冠峰）
5470
神瀑
3400
牧场
4200
格久达
雨
崩
隆
河
神湖
4400
至维西
缅茨姆
（神女峰）
6054
N
作者手绘图
梅里徒步路线

阿那主和他的第一家客栈

西当温泉—雨崩　　风景★★★★　　强度★★★★☆

出发了，仰望山路想到雨崩的种种神秘，内心激动不已。天空中飘起了雨，山脚下有不少牵着骡子的藏民在那里引导我们，听说山路比昨天永明的路还难走，雷子的心理防线被击垮了，咸蛋却执意要徒步进山，驴友们都以“吃

↑雨崩村，被雪山森林环抱，像是隔绝了世界

↑进山路，是千百年不变的转山路

苦”为美德，雷子骑在骡子上捂着自己的脸，引得众人大笑。

咸蛋的T恤湿透了，雷子要帮她拿背包，咸蛋执意不肯，两个人在狭窄的小路上扯来扯去。固执的咸蛋最后还是赢了，她悄悄地跟我说，想锻炼一下自己，如果事事指望别人帮忙，自己很难一个人背包去拉萨。

从泥泞的山路穿过广袤的森林，背包客们如蚂蚁一般列队前行。一个小伙子走在队伍的最前面，他的行头格外扎眼：解放胶鞋，沾满泥巴的绿色马褂，全身无任何户外装备，手上却有一台高配单反相机。他叫小戴，是上海的一个摄影师。一路闲聊才知道他刚刚走完了梅里外转山，看着他脚下的那双胶鞋我一脸错愕。梅里雪山有内转和外转，我们进山的这条路算是内转山。外转山环绕梅里十三峰，全程300多公里，途中穿越滇藏边境无数深山穷谷，异常艰险，他转了这一圈只用了5天时间，我见到了传说中的牛人。

山路上每隔几公里就有一个驿站——枯枝搭起的凉棚，在粗壮的圆木桌边喝酥油茶，听风看雨，脚踩着沉积多年的落叶，像回到了千百年前的茶马古道。

山路千回百转，衣服干了又湿，一阵风吹得我浑身发抖，不经意间穿过挂满经幡的树林，经幡密密麻麻，像是聚集的蝶群，我们已经登上垭口。

下到山腰隔着密林的缝隙终于看到了雨崩，它就在那儿，几间藏屋深藏于雪山之间，流动于青稞田之上。这是我见过的最美的“世外桃源”，这么说离不开路上的辛苦，更来自那份宁静带来的冲击。

我们已身处梅里雪山腹地，主峰卡瓦格博海拔6740米，是云南第一高峰，

↑下雨崩，与上雨崩只隔一条河

它英姿挺拔，如男人一般张开双臂护佑着大地，太子十三峰一字排开：缅茨姆峰（神女峰）亭亭玉立，玛兵扎拉旺堆峰（将军峰）骁勇矫健，吉娃仁安峰（五冠峰）犹如配有五座佛像的佛冠，而粗归腊卡峰（断头峰）传说因挑战卡瓦格博被砍去了首级……太子十三峰每一座都有一个传说。

雨崩村位于缅茨姆峰和吉娃仁安峰下，是距离卡瓦格博最近的村子，雨崩人祖祖辈辈膜拜卡瓦格博。这座神山既威严又亲切，雨崩人称其为“阿尼卡瓦格博”，卡瓦格博是他们最亲的爷爷。雨崩村是一个古老的村落，雨崩人世代生活于此，他们不知道村子的历史有多久，只记得自己生下来就看到了卡瓦格博爷爷。

河水将村子分为上下两个村，两个村子看着很近，但往来仍须步行1个小时，我住的客栈在这两个村子中间，驴友们戏称它为“雨崩中村”。2005年之前，除了外地来转山的藏民，这里很少有人造访，几个专业摄影师作为徒步者先驱来到了这里，后口口相传，进入雨崩的徒步者的越来越多，藏民自家房屋已经容纳不下，于是这里出现了第一家客栈——“徒步者之家”。

客栈老板叫阿那主，聪明能干，会说一口流利的云普，会炒汉人的菜，第一个在村里引进小水轮发电机，是村里的传奇人物。

年轻时阿那主还只是个优秀的猎手，一切都源自一场变故。一个雨天，阿那主上山打猎，走了一天毫无收获，天快黑时他发现树林深处有只“大兔子”。枪响了，他同村的朋友倒在血泊之中，朋友当天穿着羊皮袄正在山上采蘑菇。阿那主懊恼万分几次想饮弹自尽，都被朋友厉声阻止，他背着朋友走了一整夜的山路，到了县里的医院，朋友的血已经流干了。

阿那主去县公安局投案自首，被判刑两年。他被关进了丽江监狱，监狱里语言不通，狱管就拿来纸笔教他汉语。出狱的时候他发现原来看不懂的那些字他都看懂了。阿那主在回来的路上从车窗往外远远地看到卡瓦格博，热泪盈眶。回到雨崩，他扔掉猎枪做了放牧人，牧场如当年离开时一样安静，阿那主却早已不是当年的那个阿那主。两年后他放弃了雨崩人赖以生存的牦牛和青稞，往来于县城和雨崩村做起了小生意，后来他开了这第一家客栈，在他的带动下各家也都开起了客栈。

初期村民因为抢客失去了往日的和睦。村子为此召开了大会，村子里30多户人家每户都派一个代表参加。游客来雨崩是为了看这里的风景，雨崩村世代生存于此，山山水水属于每一个雨崩村人，因此收益也要大家共享。大家在会上达成协议，游客可以自己选择想去的客栈，其余的游客每家轮流接待。客栈和骡子拉客的费用有一半要上交给村里，由村里统一分配给各户。商业的进入并未破坏雨崩村人的生活，雨崩村又恢复了往日的宁静。

雨崩村人世代坚守着与自然和谐相处的信条：不乱砍伐树木，不乱捕杀动

物，也不允许外来人破坏这里。为了尽可能地减少对耕地和自然的索取，兄弟姐妹和父母不分家，不分土地，不分牲畜，人口低增长。千百年来，雨崩村始终保持着原生态的样子。

如西藏某些偏远的地方一样，雨崩也有“一妻多夫”的现象。进山的时候我们认识了给雷子牵骡子的小伙子顿珠，他的两个哥哥就娶了同一个女人。他年纪不大还未结婚，问到以后会不会和嫂子一起过，他笑而不语。高原地区耕地少，“一妻多夫”可以避免分家，只有大家庭才会聚集财富，共同应对恶劣环境，这或许是一种自然选择。

女人团结所有兄弟，操持着整个家庭。兄弟们在家庭中各自分工，例如老大放牛，老二种田。兄弟们认为所有孩子都是自己的，他们并不会关心哪一个孩子是亲生的。所有孩子都称老大为父亲，称其他的兄弟为叔叔。夫妻同房，各家有各家的约定，譬如在门口放一双鞋。一家人住在一起，生活细节其实还是要注意的。

↑“从我记事那年起，我就和大人们走上了转山路”

←雨崩，卡瓦格博最疼爱的孩子是为数不多的须徒步才能进入的世外桃源

↑每天清晨固定的闹钟：日照金山！

三天不能洗澡

雨崩—神瀑—雨崩—冰湖—雨崩　风景★★★★★
强度　神瀑★★☆　冰湖★★★★★

雨崩由雪山森林环抱，似乎隔绝了整个世界。来到这里时村里还未通电，照明用松明，做饭得烧柴。手机信号时断时续，因为无法充电，手机最终也成了摆设。“到这里人都会变简单，没有理由再挑剔什么了。”一个驴友在露台上晒太阳，远处的雪山映着夕阳，雪山下是田园牧歌般的画卷。

晚上饥肠辘辘的一行人点了一只藏鸡，新婚夫妇老牛、小熊亲自挥刀为大家料理食材，鸡汤里还放了两人在路上买的松茸。还没有品出味来那只鸡就在盘子里消失了，我们用鸡汤泡饭继续追忆舌尖上的快乐，深山中能够吃到这样的美味真的要感谢卡瓦格博。所有物资都是人扛上去的，所以一碗泡面也是价格翻番。

言谈间才知道夫妇两人是来雨崩徒步度蜜月的。我非常惊讶，不要说塞班、马尔代夫了，这里的条件比德钦县城都差，这个特别的蜜月在今后对他们

↑身体下地狱，眼睛上天堂

↑客栈的窗户会说话

↑神瀑，人们不远万里来到这里，接受福泽并洗去罪孽

而言一定具有不凡的意义。一路上总会遇到有趣的人，上次在西藏阿里包车旅行也遇到了一对新人，女孩儿居然随身带了一套婚纱，每到一座雪山，姑娘都会换上婚纱认真地拍起婚纱照，她老公自称这叫婚纱DIY，要有多可爱！

远离了公路和现代文明，我在雨崩睡得很香。睡梦中，有人大喊“日照金山”，睡眼惺忪地打开窗户，啊，真美，缅茨姆峰变了模样，像是燃烧的一团火。它就在窗外，迎面而来，无法阻挡，任何语言此刻都变得苍白！

神瀑

神瀑是内转山的起点，所有信徒都会到神瀑下洗礼膜拜。神瀑的水来自卡瓦格博的融雪，传说它经过十万八千佛的加持，是藏民心中的“圣水”。圣水会洗去身上的罪孽，使灵魂升华。经过洗礼，天气再冷也不会擦掉身上的水，他们会等水慢慢风干，静静享受神山圣水的福泽。

在雨崩的第二天，去神瀑。去往神瀑的路飘摇不定，跨过雨崩河，走过青

↑雨崩，徒步者欢乐的大家庭

稞小径，穿过下雨崩村落，是一片开阔的牧场。牧场一边再次见到雨崩河，河边垒起密密麻麻的“朵帮”，像是一个个小人立在水中，在水雾中若隐若现。堆起小人，为家人祈福，期待来生在此转世。

进入一片繁茂的森林，地上是绒毛一般的苔藓，偶有冒出来的各种蘑菇，清晨的树林湿漉漉的。林木遮天蔽日，枝叶的缝隙间投下刺眼的白光。走出森林是陡峭的山路，轰鸣声由远及近，山中水雾弥漫，前面就是传说中的神瀑？

虽然有过各种猜想，看到它时还是惊讶不已：万丈高崖中一条银河坠落，击碎的银粉在谷底飘荡，湿得让人透不过气来。这里是梅里转山的必经之地，朝圣的方式很简单：在瀑布下走三圈，不论春夏秋冬一定要淋湿淋透才好，这样才可以洗去一身晦气，带来好运。

神瀑旁的小山头上有大量游客驻足。水声如雷鸣一般，人们吼着互相鼓励。一个转山的喇嘛泰然走进水中，出来后僧服全部湿透。胆大的几个人进去，伴随着一阵惊叫之后都变成落汤鸡出来，牙齿打战。我也很快钻进水幕，飞溅的水花将身体包裹，冰冷的水柱硬生生砸在头顶，刹那间让人喘不过气来，心中默数一二三。第一圈漫长，第二圈放开了一切，第三圈依依不舍，欣喜地穿着湿透的衣服冲出来，完成了一次洗礼，鞋子也幸运灌水。雷子和咸蛋也冲出来了，雷子的白色T恤刹那间变成了透视装，黑色的内衣一览无余，让大家好一阵没心没肺地大笑。

↑当窗户成了画框

↑来到这里，都会习惯性发呆

↑客栈，温暖的家

↑徒步的路上有酥油茶和泡面

↑上雨崩，上下雨崩看着近，却有500米的海拔落差，要走一个小时

洗礼完毕，大家都挤在客栈里聊天，烤火、烤鞋子，防水的户外鞋异常难干。有人因为神瀑洗礼感冒了，却仍笑呵呵地说此行无遗憾。客栈的小姑娘告诉我们淋了神瀑之后三天之内不能洗澡，否则一切赐福就不灵了。

晚上大家围坐在一起玩杀人游戏。年轻人总是能想出娱乐的方式，输了的一方要做鬼脸然后用相机拍下来，木屋里传来阵阵笑声。月光皎洁，同行的小熊用老板的二胡给我们演奏了一曲，没有电视，没有网络，没有信号，雪山下、田园中，还真有一番诗情画意！

冰湖

上下雨崩的落差高达500米，住在两村的驴友相互串门需要克服海拔落差并跨过雨崩河，大家却乐此不疲。下雨崩有神瀑，上雨崩有冰湖，上下雨崩是卡瓦格博的手心手背。

第三天，去冰湖。上雨崩的村间小路是去冰湖的起点，走过村子是一片

←全部靠腿的日子

开阔的空地，长条经幡在半空中飞舞，像是街道上布置好的彩旗。闯入密林，马道在大山中坚韧地盘旋，去弯取直却不时有粗壮的树根挡住去路。各种蘑菇和蕨类植物交错生长，树根上爬着苔藓，树枝上挂着松萝，它们可是滇金丝猴的最爱。道路湿滑，衣服湿了又干，干了又湿，林子湿热的气候让人喘不过气来，马道越走越窄直至消失，只能追寻骡子粪以辨明方向。山林繁茂似乎没有尽头，手脚并用恨不能匍匐前进，应了“非常之观常在于险远”的话。

露水、骡子粪、稀泥、枯树叶等在两腿间飞溅，在山里爬了整整两个小时。行至垭口的一刹那突然觉得轻松无比，透过松柏的枝叶，我们看到一座雪山，五峰相连，形似法冠，那是梅里的五冠峰。“身体下地狱，眼睛上天堂”形容此时情景最贴切，这是题在我们客栈墙上的一句话。

雪山下是一条宽阔的河，河流穿过森林，世间一切嘈杂都好像随着溪水流走了。河边绿草如茵，草地上有一排木屋，这里就是传说中的笑农大本营。中日联合登山队曾由此上山，从此一去不归，此后再无人攀登梅里，大本营恢复了它原本的功能：雨崩人的牧场。

1987年夏，一支陌生的队伍开着越野车驮着装备来到梅里雪山脚下。淳朴的藏族村民并不知道他们是谁，他们献上酥油茶、青稞酒，在火塘边切下牦牛肉款待远方来客。这支队伍对这座雪山和村民古老的生活方式惊叹不已，他们常常离开驻地到村里做客。他们告诉村民们，他们是来攀登梅里雪山的，村民们不知道梅里雪山在哪里，更不知道世界上还有一种运动叫作登山。

他们就是中日联合登山队，随着登山队活动的进展，村民们终于得知他们不仅仅是科学考察，还要爬上山顶，爬到他们的神灵卡瓦格博爷爷的头顶上。

村民们恍然大悟，他们用一切方式表示着自己的愤怒和不满。

1990年岁末，17人的队伍不顾村民的反对从大本营出发了，经过艰苦的努力，他们到达海拔6470米的地方，登上6740的主峰似乎指日可待。梅里的喇嘛们慌了，他们日日焚香祷告，祈求卡瓦格博宽恕这些莽撞的登山者。老人们哭了，他们夜夜祈求山神发威，他们担心人类一旦登上峰顶，神仙便会离他们远去，没了山神的庇护，灾难就会降临。

1991年元旦天气骤变，先遣队原地扎营等待时机。雪下了三天三夜，第4天清晨大本营和他们失去了联系。登山队伍里有一个23岁的小伙子，他的家就在雨崩村，他没有听阿妈的话给队伍做了向导。阿妈翻山来到大本营对着雪山号啕大哭，祈求山神宽恕自己的孩子。人们展开了大规模的搜救亦未发现任何痕迹，包括他们的装备物资，登山队像是人间蒸发了。人们仍不愿相信发生了雪崩，直到几年后藏民在雪山的另一边发现了登山队的遗物。

据说当年遇难者家属来到飞来寺，梅里雪山连续几天都被云雾包裹。临走的那天清晨，家属们看着茫茫云海再次失声痛哭，他们撕心裂肺地呼喊着自

↑山难之后，梅里恢复了平静，“大本营”也失去了它本来的含义

己亲人的名字。梅里似乎听到了什么，顷刻间重重云雾如幕布般缓缓拉开，梅里十三峰一字排开，气势威严。家属们终于看到了他们的亲人长眠的地方，一个个惊得说不出话来。家属们上车离开之时云雾又缓缓合拢，好像一切并未发生。

今天坐在大本营的木兰上眺望雪山，总会有种莫名的感慨：如果他们听了村民的劝，如果那个雨崩村的小伙子不上山……

听从了藏民内心的声音，政府已明令禁止攀登梅里雪山，神山卡瓦格博也成为世界上为数不多的处女峰。梅里恢复了平静，但人们并未减少对它的期望和怀念，就像飞来寺那个小酒吧的名字——“梅里往事”。时光流逝，梅里留给我很多回忆，永远记得梅里的一个老人跟我说过的一句话：“因为它的安宁，我们得以幸福。”

大本营提供酥油茶、速溶咖啡、火腿肠，还有泡面，木屋里燃着松针，酥油茶的香味飘出窗外。有不少木屋已经建好框架，整齐的木板地面可供徒步者过夜。冰湖就藏在将军峰脚下，海拔上升，路边也由森林、灌木变成了碎石，心中泛起一丝冷意。虽然在雨崩的客栈就早已看到了它的照片，但真正面对冰湖还是兴奋不已。冰冷的巨石如铜墙铁壁般围绕整个山谷，谷底是浑浊的湖水。融雪沿着山体滑落，在寂静的山谷里发出“窸窣”的声音，峭壁下已堆起几个巨大的雪堆，能量还在蓄积之中。刹那间冰雪崩塌，巨响轰鸣！

这里离卡瓦格博不远了吧，再向前就会碰到卡瓦格博的“肩”，朝拜山神的藏民亦在此止步。湖边立起了密密麻麻的“朵帮”，像是一个个人，站在那里仰望雪山。

↑冰湖，五冠峰下的高山湖，湖边立起了密密麻麻的“朵帮”，它们是主人的影子

冰湖不似想象中那般柔美，反而有几分冷酷，对自然应怀有敬畏之心，冰湖上方不定期发生雪崩，我立在湖边，沉默不语。

连滚带爬地下了山，夕阳的光被林间枝叶打得粉碎。“之”字形的山路完全被忽略，我们从石头、树根上方飞跃，俨然成了人猿泰山，走出树林时天已经黑了。

咸蛋和雷子八九点钟才从山上下来，她们出发晚，雷子为了洗刷骑骡子进雨崩的耻辱决定徒步进山，两个人在黑色森林里吓得半死，进了客栈就兴奋地欢呼光明万岁。咸蛋还带来一个好消息，我在大本营休息的时候丢失的冲锋衣被一个叫小白的台湾妹子捡到了，后面还有不少山路要走，心里甭提多感激了，雨崩还真是个温暖的大家庭。

↑尼农人并未屈服于澜沧江的贫瘠，他们在山崖上开辟水渠，将雨崩河水引入村中

一半行人，一半流水

雨崩—尼农—西当　风景★★★☆　强度★★★☆

大部分人离开雨崩都会选择原路返回。我和咸蛋却早已准备尝试另外一条路：沿雨崩隆河顺流而下抵达澜沧江畔，再沿澜沧江逆流而上去西当。这条路本来是当地村民行走的山间野径，不知道哪天被驴友发现了，便成了小有名气的雨崩小环线。此行艰苦，然而我无法抵抗澜沧江的吸引力。

清晨，约好的几个人在下雨崩碰头，徒步小纵队雇了一个雨崩村民做向导，大家沿雨崩隆河一路向下，走过平缓的谷地，河水陡降，河谷中巨石林立，大浪拍岸，宛若猛虎下山。在路边我们见到了中英文的寻人启事，一个叫OMRY的老外在这里失踪了，大家庆幸老老实实地找了向导。

穿过茂密的森林和幽深的峡谷，小路转到了一个山崖之上，雨崩河则缓缓坠落脚下。终于，清澈的河水奔向澜沧江，淡蓝色被红褐色吞噬。一行人拐进澜沧江峡谷，一阵热浪袭来，清凉、湿润一去不复返，正午的阳光直射在头上，喉咙开始冒烟。目睹着澜沧江两岸的荒芜，真的不敢相信那个天堂般的雨崩村就藏在身后！

澜沧江边的村民似乎并未受困于这里的贫瘠与干燥，他们在山崖上开辟了引水渠，将河水引入村中。我们行走的山路一半行人，一半流水。走在路上，你可以随手捧一把水在脸上，获得清凉。

中午，走进了第一个村子——尼农，向导将我们带入一户人家，女主人白玛烧起了柴火，给我们烙了青稞大饼，还从菜园里摘了新鲜的蔬菜。白玛的家里干燥又清凉，让我想起了小时候的暑假生活，我从小在西北戈壁滩长大，那里昼夜温差大，中午阳光毒辣，屋子里却很凉快。席间主人还端上自酿的野葡萄酒——雪碧瓶里灌满的浑浊液体。有人不敢唱，我小酌几杯，味道还不错。

尼农村口有一条澜沧江溜索，澜沧江阻断了交通，两岸的村民以此过江，如果不是要继续前行，我真想试试这纵横于江上的感觉。

下午的路程可以用“枯燥至极”来形容，澜沧江就在脚下，峡谷中热浪翻滚，大家晒得像蔫茄子，这又把我带回到了童年的某次经历——戈壁滩穿越。河谷的风吹干了嘴唇，我们像热锅上的蚂蚁。

下午6点，山头上白房子和青稞田同时出现在眼前——西当到了。几天前从西当进山，现在终于到原点，在梅里画了一个圈。搭上小巴返回飞来寺，路上回望大山，发现太子十三峰再次现身。看着梅里雪山，感觉它就像一个神秘的故事，我们无数次听人讲起，忍不住要亲手触摸，于是就用心走近它——想象永远与亲历不同。

车在山路上盘旋，手机收到一大堆短信，我曾经以为我离不开手机和网络，但我错了，雨崩这几天宁静而难忘。其中居然还有原来的同事和律师的几条短信。看看日期，我才想起来我与原公司的劳动仲裁快开庭了。我离职的时候，那个奇葩女老板居然克扣我的工资，我离职的时候合同还没签，她以为没

↑西当村，与飞来寺隔江相望，是进入雨崩的入口

签合同就无凭无据。我对她真是受够了，作为一个老板，她应该为自己的自以为是埋单。出发前我就准备好了相关材料，还请了律师。

老板终于服软了，承诺支付全额工资并愿意多支付一些以换取我的撤诉。没一会儿律师打电话过来，他说对方提出的条件还不错，建议庭外和解。好吧，我随手挂了电话。

我回头看了看卡瓦格博摇了摇头。

几年后，老同学携爱人去丽江，他们想去梅里看看就向我咨询。我知道他们是提拉杆箱住星级酒店的主儿，可还是忍不住推荐了雨崩。我补充嫌累可以租骡子。我的同学看过几个雨崩的帖子跟我说不去了，他说这些帖子好像都在说两个字“痛苦”。大笑，雨崩的苦与乐也许只有真的去过那里的人才会知道

↓被澜沧江热谷烘烤，不敢相信雨崩村就在身后

吧。

雨崩也在变，2012年9月28日，雨崩村正式通电，雨崩人有了电视机、洗衣机。目前，在雨崩移动手机有2G信号。电信及联通均无信号。游人的涌入也早已改变了雨崩村的生活方式，现在几乎每家都经营客栈，雨崩村里衣着鲜艳的驴友随处可见，有人说它已不是世外桃源。尼农的溜索已被大桥取代，人们走小环线可以直接过桥到对岸的公路租车返回。雨崩还未通公路，希望永远都不要通。从西当温泉租骡子进入雨崩，价格约200~300元/人（依据天气状况及淡旺季会有浮动）

卡瓦格博属羊，羊年转一圈山，相当于别的年份转13圈。2015年是藏历羊年，也是梅里雪山转山的大年。

你是骑车过来的？

飞来寺　　风景 ★★—★★★★★　（浓云★★，无云★★★★★）

飞来寺的名字源自这里的一座小庙，传说寺庙选址动工的时候，柱梁不翼而飞，和尚到处寻找，在距离原址不远的地方发现梁柱已经立好，所以就有了飞来寺的名字。今天的飞来寺，飞来的是快乐和惊喜，飞走的是那些恋恋不舍。

沿街的一家餐馆里，红油在锅中打转，我与小戴、咸蛋和雷子四个人围坐桌旁。窗外雪山在暮色中隐去光芒，我心里沉沉的。雷子被父母电话紧急召回，西藏计划就此夭折。小戴梅里转山修行圆满。总觉得小戴出发前遇到了什么，否则不会一个人穿双胶鞋就去转山，现在看起来心灵似乎已得到慰藉。咸蛋依旧坚持走下去。旅行像人生，有的人会陪你走过一段，但不会始终陪你。

番茄汤中大块的牦牛肉在翻滚，小酌几杯，小戴念叨一起转山的兄弟姐妹，我说着路上的痛苦经历。走的时候小戴忍不住问了两个妹妹一个问题，她们先是一愣，然后哈哈大笑，为什么都说我们是拉拉。

无论多么艰苦的旅行，那些让人回味的总是美好的片段，即使你当时并不这么觉得。

雷子坐大巴从德钦回昆明了，这是个让人钦佩的决定。20多个小时的长途

↑无论旅行多么艰苦，总有让人回味的美好片段

大巴导致她一路上不断地发来短信诅咒山路和卧铺车里的臭脚丫子味。小戴也悄悄地消失了。旅馆里只剩下我和咸蛋，为了省钱，我们搬到了一个双人间，从侧面证明了我的好人品。飞来寺的日子安静自在，坐看山谷风起云涌，雪山从云层中出现的时候我同样会和刚到这里的游客们一起兴奋地尖叫，只是内心平静了很多。我成了这里最热心的导游，他们最多的问题就是"啊！你是骑车过来的？"

我个子不高，瘦弱，戴眼镜，如果我看到自己这样也会惊讶吧。骑车旅行对我而言似乎成了一种自我救赎。

小时候我身体一直不好，是班里典型的“豆芽菜”，但这并不影响我每年都是“三好生”，那时候好孩子的标准似乎就是学习好，我一直是班级第一。每个新学期全校师生都会带着板凳到操场上开大会，校长在主席台用扩音器宣读优秀学生名字，可怜的孩子们在阳光的暴晒下等待名单念完。我就是每每被念到名字的学生。很多人不知道我因为准备考试去医院打过点滴，老爸从医院接我回家的路上总会说相同的话：“打针吃药的钱给你买吃的多好啊！”

高中时我依旧瘦得像只小猫，踢球时别人不让我上场，女生对我没兴趣，男生取笑我没变声。突然觉得时光白过了，迷失加叛逆导致我成绩大幅下滑。原来的好孩子变成了刺儿头，父母难以接受我这样的改变，以至于在家里经常被老妈拿着扫把追打。

高中的最后一次运动会，我主动报名800米长跑，那时我是班里最瘦弱的学生。800米很长，也很短，虽未拿到名次，我却在众人的欢呼声中冲过终点，第一次尝到了学习以外的乐趣。

靠着底子我好歹上了大学。大学第一年就挂科，我也因迟到、旷课、与系领导顶撞等诸多恶习成了班里为数不多的“活宝”。体验了人生的高峰低谷，我问自己到底要什么。问题无解，但又必须做点儿什么，于是我决定做自己想做的，改变需要改变的。

某天晚自习结束，我开始去操场上跑步，当年的体育考试就拿了优，终于告别“豆芽菜”。我的大学在海滨城市，盛夏喜欢去大海里游泳，我经常壮着胆子一个人游进深海区。眼前是一条宽阔的蓝线，海天相接，那似乎是一座大门，它越来越宽。

骑车的时候，我常常想起当年跑步和游泳的场景：目标明确，感受自己的呼吸和脉搏，不断积累，见证成长。骑车旅行又拉长了空间维度：沿地平线流动的风景，让人惊叹的山川河流与风土。不知道为什么爱上了骑车，它注定在改变着我。

我总相信对运动的热爱和性情的培养是相通的，直到今天，我依旧会坚持运动，并以保持腹肌自我激励。

北京的空气和交通使户外骑车变得难以持续，因此健身房的动感单车成了我的最爱，每当教练喊道“准备、准备、准备……加速！”的时候，我居然紧张到心脏快要跳出喉咙，随着高频摇滚音乐响起，体力也急速爆发，身边的小妹常常惊讶这位大叔是受了什么刺激。电音令全场沸腾，脑海中却闪现出曾经在路上的种种片段，它如此清晰，宛如昨日。

相同的汗水挥洒在了不同的地方，我是在用此种方式纪念过去吗？我相信这一定是骑车远行的魔咒。

↓梅里上空的云变幻莫测，标识了这里唯一的时空，也见证了每个人此刻的心情

第三章

大香格里拉不归路，从梅里到亚丁

咸蛋最终没能继续走滇藏，早上起来送她，从德钦过来的大巴在飞来寺卷起一堆尘土，车厢里塞满了藏民，挤得像牦牛肉罐头，车顶上行李堆成了小山，摇摇欲坠。车门拥堵，咸蛋被后面的大哥推了几下还是没上去。

“改走川藏吧，跟我去稻城亚丁。”

我在她之前已放弃。当年德钦到芒康全线100多公里都在修路，路上挖掘机、卡车连成片，尘土飞扬，遮天蔽日，完美的滇藏计划就此留下了一个缺口，期待中的澜沧江上的盐田不知道何时再见。

“有遗憾，下回才有借口再来。”飞来寺的朋友如是说。

旅程像生活，永远没有完美。

川滇中转站

香格里拉　风景★★★☆

我和咸蛋租了一辆小面包车赶回香格里拉，自行车“小红”被牢牢地捆在车顶，它迅速飞过自己曾经走过的路。路上居然碰到两个大叔骑车翻越白马雪山，我整个身子都伸出窗外冲他们“狼嚎”一通，终于知道一路上为什么有那么多人给我加油了。

再次回到了香格里拉的那家客栈——中转站，从滇藏到川藏，这一次是真的成了中转站。客栈比来的时候还要冷清，吧台的灯火下只有我和咸蛋的影子，她有些迷茫，毕业了还没有找到工作，不知道自己今后做什么，我们聊了很多，她坚强的外表下还藏着另一面。

从香格里拉去稻城有两条路：一条路翻越大小雪山，另一条路从得荣去乡城，公路与奔子栏隔江相望。第一条路比第二条路短了100多公里，但是路比较难走，骑行者寥寥无几，偶然在网上发现一篇帖子提示说大小雪山有熊出没。爱冒险的我选择了第一条路。

咸蛋买好了从香格里拉去稻城的车票，她的班车也走这条路。两个人同时向稻城出发了，一个是班车，一个依旧是自行车。咸蛋在汽车站意外遇到了相识于雨崩的台湾妹子小白，两人正好同行，她有了伴，我也放心多了。

我始终期盼着能够像以前一样再次碰到咸蛋，结果我们再也没有遇见。我

↑中转站，从滇藏到川藏，从迪庆到甘孜

到亚丁的时候，她已经搭车走上川藏路。

我对咸蛋的担心并非空穴来风，就在通往稻城的这条路上，发生过一桩在户外圈引起轰动的命案。2011年4月，一个25岁的广州女孩在旅行途中独自搭车赶往稻城，之后杳无音信。2个月后这个女孩被证实遭人劫杀。

经警方证实，女孩先搭卡车走了一段，后遇到摩托车司机，便要求搭车前往乡城。摩托车主将其拉至偏僻的地方实施抢劫。女孩竭力反抗，司机用石头击中其太阳穴至其毙命，并将尸体沉于河底。女孩身上的手机、相机、现金等财物被洗劫一空。案发后，因为罪犯用抢来的手机拨打过电话，为破案提供了线索，最终命案告破。

女孩遇难的事实再次提醒了大家危险的切实存在，穷游族免费搭车的惯性思维也遭到质疑。康巴藏区民风彪悍，虽然该地区的抢劫事件已经越来越少，但是万一碰到了，千万不要硬碰硬。

我哭菌子笑

香格里拉—格咱　　风景★★★☆　　强度★★★☆

稻城亚丁夹在川藏线和滇藏线之间，远离主干道，它深藏在大山之间，像神秘的少女，等待你揭开面纱。

公路是想象中的乡村路，它缓缓穿过村庄钻进山林，在山上画着缓和的斜线。远离了滇藏路上的卡车和旅游大巴，心静了。山林在风中留下斜斜的影子，林木的色调泛着静静的光，像是在诉说着什么，且不论这样的旅行有什么意义，我又开始享受这一切，天地之间有我，可以是路边的一棵草，也可以是整个森林。

好景不长，一阵风过后雨来了，天空兜上了一层黑布，雨越下越大，浓密的雨雾将我紧紧包裹，我待在那里模糊了双眼……我笑了：丽江下雨，白马雪山下雨，今天接着下，好啊，来得更猛烈些吧！雨中的公路失去了方向，整个大山都在随雷声抖动，好大一场雨！

我迅速掉头，躲进一个涵洞里，涵洞下的小溪迅速汇成了洪水。我蜷着身子，衣服湿透，迎着风瑟瑟发抖……后面的路完全磨没了我的脾气，雨一会儿大一会儿小，我在路上走走停停，临近下午又一次暴雨袭来。这次雨下得毫无征兆，劈头盖脸地砸下来，我无处可逃，唯有向前奔命，雨水再次将我洗刷一新，绝望之中，骑进了一个叫格咱的地方。

↓大雨淋坏了我
却美了这里的松茸和藏民

村口的一户藏民收留了我，主人叫扎西。宽敞的院子中央是一座刚建好的三层木楼。上楼时惊奇地看到阳台上挂着小熊猫的皮，大叔摆摆手说，这个是他几年前在山里打的，现在已经不让打了。

我在灶台前烤着火，湿透的衣服冒着热气，暖暖的酥油茶让我缓过来了。晚饭的时候，大家围坐在一起，火光下映着笑脸：老奶奶、大叔、大妈、儿子和儿媳妇。大叔的儿子比我小很多，但已经是两个孩子的父亲了。看着他那张稚气未脱的脸，我想如果自己出生在这里会怎样。一会儿酥油烤松茸被端上来了，今天的种种沮丧也似乎随着一家人的热情消散了。

↑扎西大叔家的猎物

第二天起晚了。下楼，大叔的儿媳曲珍刚刚和几个妹子采松茸回来，她们叽叽喳喳地在院子里闹成一团，地上摆满了松茸。大雨淋坏了我，却给这里的藏民带来无限生机，曲珍她们忙着给松茸分类，她跟我说："今年雨水多，菌子也多。"菌子就是松茸，像长在地里的黄金，这里的妹子个个都有摘松茸的心得，曲珍最近在一棵大树下掘到了"金矿"——一个大菌窝，每次她采完都会用松枝将菌窝盖好，过几天又有一大批松茸会整齐地长出

↑泥泞不堪的路为咸蛋和小白的旅行增添了几分乐趣

↓我扶着自行车，立在格咱的街道上
纠结是否要步咸蛋后尘，体验大片的水坑和稀泥

来。

早上九点松茸贩子的小面包车就开到村口，大家人头攒动，个个乐开了花。新鲜的松茸一会儿就会运回香格里拉，据说上品的松茸会在8小时内抵达日本，在东京可以卖到800元人民币一斤。想着昨天那顿松茸，口水又在往外流。

咸蛋发短信说因为下雨，大小雪山的路泥泞不堪，非常难走。几段路水坑齐膝，她们常常要下车步行。大雨打乱了我的骑行计划，我跟大叔打听前面的路况，他指着村后的一座山建议我翻过这座山去浪都，那里挨着四川，可以直接进入亚丁。

浪都，完全陌生的地方，我甚至在驴友论坛里都没有看到过它，在地图上它只是一个孤立的小圈，似乎没有公路。于是我给北京的朋友打电话让他们帮我上网查查，答案是路似乎是通的。

大叔最后还补充了一句，在路的垭口可以看到亚丁的三座神山，这句话无疑是致命的诱惑。站在云南的山上远望亚丁神山，感觉自己已经变成了神仙。我的骑行线路与计划越来越远，冒一次险如何？

我们常常要为自己的鲁莽决定埋单，这个是后话了。

多年之后，我意外地在《孤独的星球》上看到对这条路的简短评述：“至于传说中的那条‘公路’，其实只是当地人拉木头的小路，如果你不是疯狂的探险家和疯狂的驾驶者，请无视它的存在。”

不怕不怕

格咱—浪都—各卡　　风景★★★★　　强度★★★★☆

岔路口有个路牌直指浪都，正式告别主路，上山的路比想象中差很多，泥泞不堪，水坑不断，货架刮着轮胎上圈起的泥发出沉闷的异响。

情况没有因担心变得好转，路上出现巨型卡车，它们如怪兽般在泥路上晃来晃去，似乎随时会翻倒。山腰上有一个露天铜矿，山中炸开一个大口子，里面塞满了巨型机械，那里机器轰鸣、尘土飞扬，场景如同科幻电影中的外星球。我为自己的选择深感后悔。

不堪重负的路被卡车轧出两条深深的沟壑。卡车驶来，泥浆翻滚，新轮印叠加在旧的上面，像是一件没有成型的艺术品。我乖乖停车躲在路边坐等黑色的汽车尾气散尽，扪心自问：这就是我期待的挑战吗？

荒芜的矿山让人觉得孤独。搭车，这是我几年骑行以来的第一次。一辆中巴车来了，这是从香格里拉去浪都村的唯一班车，隔日发车，今天让我赶上了。

车顶已塞满货箱，车里乘客不多，“小红”被直接立在了车厢的过道里，它头一次享受如此待遇。中巴驶离矿区，断裂的山谷恢复了绿色，车子驶向云端，窗外迎来了一汪高山湖，静静的湖水映着蓝天。

前方有水坑，全车人下车步行。身边有个汉族小伙子，问他为什么去浪都，他摆摆手。原来他是格咱乡汽修站的师傅，浪都村有辆倒霉的卡车昨天在山上抛锚了，司机在山上冻了一宿，托人捎信儿过来救援。至于为啥不打电话，小伙子大笑，掏出手机给我看，信号零格，难道已走到了世界的尽头？我想起了《直到世界的尽头》的歌词：

孤身一人，彷徨在大都市，

就好像被人丢弃的空啤酒罐。

如果非要探究彼此的一切才叫爱的话，还不如永久长眠。

直到世界的尽头，也不愿与你分离。

……

路边一株灌木开满了粉色的花，小伙子说："这是高山杜鹃。你来晚了，早一个月，这里的花漫山遍野，火红似海。在路上漂久了总会相信缘分，无论偶遇还是错过。"

中午车子晃到垭口，路边还有残雪。看着山下盘旋的曲线我就坐不住了，要求下车，司机收了我全程车票还加收了自行车的费用。后来知道这中巴汉族人票价比藏族人贵一倍。藏区的这些变化无不让人失落：纳木错原本没有那么华丽的牦牛等你拍照；鲁朗林海的小孩子原本天真无邪，他们最初并不会因为跟你合影而要钱……

垭口上云雾蒸腾，我没能"一览亚丁三神山"，于是寄期望于浪都。下山时忘乎所以，阳光炙热，我

↑从国道到省道，
这次终于进了乡道

↑细细的白线便是去浪都的乡道

斗志昂扬。乡级公路充满野趣，却路况堪忧，有几次我差点儿连人带车飞出去，不时地捏捏自己的大腿提醒自己注意安全。

路上遇到了那辆趴窝的卡车，小伙子已经先一步赶到并钻到了车底下，司机昨晚在车里冻了一宿，面容憔悴。小伙子伸出头冲我道别。途中有一个小水库，我居然在那里吃上了热的蛋炒饭——上天的安排。峡谷中森林密布，河水湍急，公路沿河流奔向深处。一路上形影相吊，自行车在巨大的落差下向前飞驰，泥土四溅，一切都好似如歌的岁月。

浪都并不是我期望中的天堂，它只是山脚下一个普通的小村庄。夕阳下，松树的枝条上泛着光，土质藏屋在大山的映衬下显得怡然。村民们正在搬石头修整路面，身处川滇边境，路是整个村子的希望，村民们全心呵护。进村之后的消息喜忧参半：忧的是村里没有旅馆，喜的是土路与四川是通的，可以直接去亚丁。

继续上路。

山路随河水进入了狭长平缓的谷底，夕阳下我长长的影子快速移动。山谷的暮色泛灰，树上的鸟奇怪地叫了两声，打破了山谷中的宁静，突然发现后胎瘪了。看着阴沉沉的前方我起了一身的鸡皮疙瘩，头一次被这样的恐惧笼罩。换胎的时候手还在抖，换好胎天已经黑了，我只有拼命向前赶路。河水顺流而下与另一条大河相汇，那里有一座桥，过了桥就是四川了，桥上亮着灯，心中燃起了希望。

很意外地在桥上遇到了一个警察，这里是一个临时哨卡。今年是个特殊年

↓川滇边境的小村，像是世界的尽头，我已迷失了方向

份，因为某些原因当地加强了安全措施，这里虽然偏远，但是因为地处川滇边境检查自然不会例外。

警察是个帅小伙儿，大盖帽下是一张清秀的脸。他一边登记我的身份证号一边跟我聊天。借着桥头上的灯光检查轮胎，发现轮胎里鼓了一块，手忙脚乱中我居然把撬胎棒落在了轮胎里！难怪一路上都有奇怪的“嘎嘎”声。这跟把手术刀留在病人的肚子里有什么区别，不可饶恕啊。新胎已被撬胎棒扎坏，我换胎，警察用手电帮我照明。听说我要去亚丁，警察说他家在日瓦，我从亚丁出来会路过那里。他的父亲在那里开客栈，遇到困难可以跟他的父亲联系。

桥头向左是亚丁，向右是另一个偏远的乡——东义。选择向左，殊不知几天之后阴差阳错地又跑去了东义。去亚丁的路上有个乡叫各卡，今晚决定去那里投宿，路并未因为进入四川而改善。夜太黑，我已无法感知距离的变化和时光的流转。脚下是一条湍急的河，仅能通过声音辨别，另一边是陡峭的崖壁，浓重的黑色似乎要将整个路面吞噬。我努力睁大眼睛，紧贴崖壁前行，却时常撞到碎石。下车，说服自己接受这种黑暗，向前蹬踏却发现自己如同静止一般。山谷中冷风阵阵，我却衣襟湿透。

意识如抖动的车把飘摇不定。惊慌、恐惧、疲惫、焦虑、失望……所有复杂的情绪交织在一起，就像陷入一张网，越挣扎越脱不了身。咆哮吧，河水！也许融入你才会忘却这些，车头转向了空崖，我差点儿坠入深谷……

停车，上车，如此往复，神经几乎崩溃。夜色中突然跳出很多场景：柔软的沙发，老妈做的排骨面，3D电影……这些我好像从未经历过。车把再次一

抖，我才发现经过这一整天的折腾，精力和体力已经到达了极限。

老天总会在你绝望的时候给你带来希望，我在日记里曾这么说过。

深夜，在这条漆黑的藏区土路上开过来一辆摩托车，骑摩托车的大哥说他也去各卡，他是学校里的老师。他放慢车速跟在我后面，黑色的幕布打开了，车灯照在斑驳的路面上，也照亮了我的心。我和自行车拖着长长的影子，在暖暖的灯光下一点一点骑向夜色深处……

终于到了，各卡乡昏暗阴冷，偶有犬吠。骑摩托车的大哥把我带到一户人家门口，这是村里唯一的一个旅馆，老板娘是一位丰满的藏族大妈，她家紧挨着乡政府，她就将自家楼上的一间屋子提供给来乡里办事的人住。带我进屋的时候，大妈不停地说："小伙子，不要怕，不要怕！"

那年年初的拉萨事件原来会有如此深远的影响：从香格里拉冷清的客栈到梅里雪山下牵骡子的大叔，再到眼前的这位大妈。她哪里知道我一直深爱着这里，我怎能忘记那些暖暖的酥油茶，那些清澈的眼睛，友善的笑容。

楼上不大的屋子里摆了三张床，两边的床上各睡着一个藏民，他们早已鼾声如雷。我心说居然客满了，然后蹑手蹑脚地爬上中间的那张床。

躺上床后路上的各种情绪才慢慢平复，望着天花板想想今天的经历一时语塞，天亮到天黑，云南到四川：头一次搭车，头一次把撬胎棒留在了车胎里，头一次睡在了两个藏族男人的中间……想想大妈说的"不怕不怕"我就笑了，仔细看看旁边这位大哥的睡相还真是狰狞。

谁让你选择了这条路，担着吧！

↑各卡，母鸡和小鸡崽，
温馨的场景抚慰不了落魄的心

上刀山

各卡—东义　　风景★★★☆

这确实是一条破路。

第二天一上路就爆胎了，前后胎一起瘪掉，不要再吹嘘什么川藏线全程没有爆胎的经历了，这轮胎经历了岁月轮回变成了老妪那干瘪的乳房。问题出在路上，这里的山都是页岩，一片片剥落，锋利如刀片，走这样的石头路不就是“上刀山”吗？

回到旅馆向老板娘打听班车的消息，得知昨天刚有一班车去了稻城，下一趟车还得等两天。再次懊悔。我推着自行车回到路上准备碰碰运气。烈日下的“刀片路”反射着强光，路上偶尔飞过一辆摩托车，整个下午只看到一辆油罐车，希望如汗水一般在烈日下挥发殆尽。正当我准备回去的时候，反方向开过来一辆卡车，车上装了不少水泥，车上的人今天要去东义。苦苦哀求下司机终于答应载我一程，我扶着自行车挤在一堆水泥袋里，灰头土脸地来到东义，迫不得已走了一趟回头路。

东义是这条破烂土石路的尽头，再向里走就是云南了。据说这里到泸沽湖很近，不少人都从那边徒步过来。东义的吉呷乡政府楼是这里唯一的“高层”建筑，一栋三层水泥楼，比各卡乡大气很多。楼的一层有个餐馆，老板娘是成都人，做一手好川菜，担担面吃得我不亦乐乎。老板娘接待过几个从云南徒步

→东义，诚实正直的广告语

过来的驴友，说头一次见到骑车来这儿耍的。从泸沽湖徒步到这里需要全程背负补给，快的话也要5天时间，我算个屁啊。

东义乡的中心是一排平房小商店，商店窗户上贴着大幅的民族政策海报。晚上这里唯一的娱乐活动就是台球，一张球桌旁密密麻麻地围着黑黢黢的藏族青年，我的脸被显得很白。半夜躺在招待所的床上突然收到了一大堆问候的短信，正在急切地回消息时窗外下起了小雨，那格仅存的信号消失了，我深深地叹了口气，只有老天知道我会来到东义乡。

我们在选择道路的时候常常无法预知它的好坏。好的东西再多都不满足，坏的最好都落到别人头上，我们习惯性贪婪，又对失败缺乏承受力。世事难料，走对了路，要心怀感激，走错了，更要坦然面对。宠辱不惊重要的是辱而不惊。无论如何，路是自己选的，选择了就要承担。

↑地狱谷，深藏在亚丁山后，却是徒步者心中的圣地

你做坏事了没？

东义—卡斯地狱谷—垭口—洛绒牛场　风景★★★★★　强度★★★★☆

清晨，大地如水洗般清亮，太阳照进了东义的小山坳，我继续搭车往回赶。车子卸空了水泥，快乐地颠簸在山路上。阳光明媚，我在卡车后面兜着风，希望这风能把这两天的晦气吹个一干二净。车子沿卡斯河蜿蜒前进，告别前两天经过的检查站和各卡乡，终于向亚丁进发了。

地狱谷

亚丁后山有个叫作地狱谷的地方，它在徒步者心中的地位至高无上。从亚丁景区进入地狱谷，被称之为天堂下地狱，反之，地狱上天堂。这说的是路上的景色，更是路上的感受。我毫不犹豫地选择了后者。

↑爸爸不在了，妈妈又要远行，我唯一能做的就是给你一个大大的拥抱

线路的起点是一个叫卡斯的村子，村口是村民们每年转山的必经之路，车已停在了村头。有个姑娘在路边拦车，小麦色的皮肤，端庄的面容，一双大眼睛透着灵气。她冲我瞟了一眼，没想到这一面之缘竟让她成了我亚丁之行的向导。此前早听说从地狱上天堂并不容易，山高林密，坡陡水急，需要雇向导。姑娘叫崩里，她正好要赶往亚丁景区，那边的洛绒牛场正在修路，她在那边工地打短工。我俩同去亚丁，一拍即合。卸下背包，跳下车，前往亚丁的旅程开始了，我把自行车托付给了卡车司机，拜托他把车送到前方的青年旅舍。

望着远处耸入云端的森林，心怦怦直跳。穿过杂草丛生、荆棘遍布的谷地就可以直接进入亚丁景区了。崩里指着大山深处说我们要在山上露宿一宿，她带我回家取睡袋和干粮，阴暗的石屋里炊烟袅袅，一位老妇人在灶台上烙起青稞饼，南窗下有个孩子趴在板凳上写作业，用一根短小的铅笔写着歪歪斜斜的汉字。老人是崩里的婆婆，孩子是她的儿子，年轻貌美的崩里已经是一个8岁孩子的母亲了。

走出村子，崩里的儿子跑了出来，抱着她的大腿，眼中噙着泪花，崩里紧紧地搂住了他。三年前崩里的丈夫骑摩托车摔死了，就在我连续爆胎的那条碎石路上。

先有卡斯河，后有卡斯村，从村子出发溯河而上，小径在河两岸穿梭自如，依山势回转。卡斯人搭造了各式各样的木桥，木桥就地取材，造型各异，里面长着厚厚的苔藓，诉说着历代转山村民的经历。河水静静地流淌，浓密的森林像是带你到了另一个世界。

↑下地狱

地狱谷阴森潮湿，朝圣者留下的玛尼石已爬满苔藓

上天堂→

仙乃日，亚丁三神山之首，如观音菩萨端坐，安详地俯视着终年转山的信徒

↓卡斯河，
为地狱谷增添了几分灵动

↑崩里准备晚餐的时候，
我才意识到胃已经饿抽筋了

我从小在西北的戈壁滩长大，老天几乎掠走了那里的绿色，坚忍的戍边人在城外种下了沙枣树，大风起黄沙飞，那是挥之不去的记忆。几千年前，那里也曾森林繁茂，先人们对自然的掠夺给后人留下了难以承受之重。踩着松软的树叶，琥珀般的阳光从林叶间穿过，五彩的蘑菇从一片苔藓中顶起，这些总能让我想起在森林中的愉快经历：西藏波密、云南雨崩……宽厚的藏族人民更懂得如何与自然相处。

崩里对这里的一草一木都很熟悉，她对野蘑菇如数家珍，我们采了一些经她认证 “可吃”的肉菇，准备晚上煮汤喝。前两天，崩里刚刚带自家的骡子走这条山路去了工地，骡子每天的工钱是她的三倍，她说到这里哈哈大笑。丈夫去世之后她一直和婆婆一起住，悉心带孩子，并未再嫁。

山谷渐渐地沉到脚下，河水奔腾，却已不见了踪影。突出重重密林，迎来了一片阳光，山坡上的灌木随风摇曳。一路上我总是不断追问地狱谷在哪儿，崩里笑而不语。太阳将落山时，她指着一处山崖表情神秘：那是一处高高的断崖，平整的岩石上冒出洞穴，层层叠叠，犬牙交错，洞口投射的影子让头皮发麻，难道那就是传说中的“十八层地狱”？

断崖下有一块空地，空地上有座木屋——这就是传说中的地狱谷牛棚，牛棚四周的野草齐膝，看样子很久没有牛光顾这里了。今晚我们就要在这里过夜了。天色暗了，透出丝丝寒意，崩里点燃篝火说着这几年地狱谷发生的事。几年前的初冬，两个从成都来的男生从亚丁景区进入地狱谷，那天突然下了很大的雪，雪盖住了山路，两人迷失了方向，他们分头求援，其中一个男生第三天意外碰到了卡斯村的村民，他获救了。等到村民们找到另一个男生的时候，他已安静地离去了，紧靠着一棵大树，神态平静，睫毛上落着厚厚的雪，村民说他一定是让地狱谷的小鬼捉走了。说到这儿，山林中传来一阵诡异的窸窣声，崩里的双眼映着火光。

我指指头顶："这里真的有鬼吗？"我心里是不相信有鬼的，但是身处这样的环境又难免让人心生恐惧，崩里又急又气，让我小点儿声。

我们用木屋剩下的几个木板勉强拼了两个地铺，木板不平且硬，我们辗转难眠，屋顶有不少破洞，投下缕缕月光，隔着光柱聊天。屋外光影迷离，我指着一处问崩里那边怎么那么亮，没想到她一下子蹦起来找了几个粗树枝把门堵住。我总是问她关于鬼的故事，她说不要再说了。躺着睡不着，我又开始学鬼叫，她压低嗓门说再叫鬼真的来了，估计那一刻她已经后悔给我当向导了。

我不知不觉地睡着了，崩里却因为担心小鬼来袭没怎么合眼。可能是老天实在看不下去了，半夜下起了雨，睡梦中我的脸噼里啪啦地被雨淋，原来木屋在我头的上方有个大洞……

↑岩洞里的鬼怪似乎在召唤什么，牛棚里的崩里同学一夜未眠

转山路

晨光初现，万物复苏，悬崖上的洞穴安静如初，崩里妹妹的眼圈黑了。昨晚屋外到底是什么不得而知，崩里念念有词，感谢我们平安地在此度过了一夜。

地狱谷之后是典型的高山地貌：裸露的岩石，低矮的草甸。森林早已如水墨般浸染在云雾之中，昨天我们还藏在那水墨中，今天却已置身于外，徒步的艰辛验证着曾经的想象，徒步旅行如此之美。

冲出了地狱谷，我们尖叫并欢呼着，山中云雾飘摇，双手像是触到了天之穹顶。道路前面出现了岔口，地狱谷的山路与亚丁的环形转山路对接了。连接地狱和天堂的正是细如哈达的转山路。踏上转山路的一刹那立刻感觉到了不同，巨大的石头上雕刻着六字真言，晶莹细流从石缝中蹦出，湿润了脚下的石板路，卡斯河的源头也在这里。

↑酥油茶，西藏记忆

路的尽头缓缓走来一个老人，这是我们头一次遇到路人。老人嗡嗡吟诵又静静地消失在路的另一端，像无影的风。崩里说那是冲古寺的尼姑，她在转山，想起我们前进的方向正好和尼姑相对，我问：“我们逆向转山不会对山神不敬吧？”她淡淡一笑，说：“心中有山，山神是不会怪你的。”

转山路起起伏伏，经过一片空旷的草地，又有一个牛棚，成群的牦牛铺满了山坡，我和崩里钻进了牧民的帐篷，暖暖的酥油茶驱走了身上的寒气。牦牛粪燃起的烟雾盘旋上升，这一切总是似曾相识。

酥油茶甘润绵软，记得第一次饮酥油茶也是在这样的帐篷里，那年我头一次骑车上高原，大雨淋湿了我，还出现了高原反应的征兆，匆匆钻进高原上牧民的帐篷。暖暖的酥油茶入口，身体很快就

↑山就在那里，厚厚的云层也无法遮挡

缓了过来。藏区寒冷又缺少蔬菜，酥油补充热量和蛋白质，茶叶提供人体所需的维生素，酥油茶还有克服高原反应的功效。舌尖上的茶香成了挥之不去的西藏记忆。

走过此行第一个高山湖智慧海（热松措），山巅越来越近了。崩里指着天空的一片云说那里就是仙乃日，她双膝跪地，跪拜山神祈祷家人平安。历尽千辛万苦来到这里，神山却被浓云遮挡，心里万分失落。有时候总是要认命的。几年前，崩里给一个同样骑行到藏区的上海男孩子做向导，两个人在山里转了3天，雨也连着下了3天，三神山连影子都没看到，走的时候，男孩子哭了。

崩里起身，一脸认真地问我："你来亚丁之前做坏事了没？"

"没有啊！"我被问蒙了。

"那你一定会看到神山的。"她目光坚定地说。

我想了想：应该没有吧？

我也乖乖地伏地叩拜神山，额头触碰到草地的那一刻，像是放下了很多东西。

↓热松措附近的牛棚，我们赶到这里前刚刚有两个小生命降生

从地狱到天堂

山在云雾中若隐若现，我们翻越了最高的垭口，山下一派春的气息，野花绽放，清风袭人，不觉间已踏入天堂。

下山轻快如飞。我看到了牛奶海（俄绒错）和五色海（单珍错）。牛奶海如碧玉般镶嵌在高山之中，中心呈碧蓝色，周边是一圈淡淡的乳白色，像是日月穿梭的光芒，又静如凝脂。五色海偏居一隅，是那种简单的深蓝色，水光晶莹，水面随风泛波，山影也跟着舞蹈。如果说牛奶海是高墙深院的贵妇，那么五色海就是邻家女孩，前者羞涩而神秘，后者纯真地看着你笑。

山谷中横着经幡，它们挡住了前路。再回头时，全身的汗毛都立起来，央迈勇透出层层雾霭，立在那里，它直插高空，像一把剑。曾几何时它出现在杂志的封面上，令人遐想万千，如今目睹全貌，我忍不住大叫：“啊——”。两天的艰辛得到了回报。

亚丁神山，藏语里是“念青贡嘎日松贡布”，意为“神圣雪山怙主三尊”，它们是藏民心中的神，依次对应藏传佛教的悲智勇三尊，仙乃日端庄典

↓牛奶海，镶嵌在高山中的一块碧玉

雅，为观音菩萨的化身，象征着慈悲；央迈勇卓尔不群，为文殊菩萨，代表了世间的智慧；夏诺多吉刚烈挺拔，为金刚手菩萨，是除暴安良的神，彰显着勇气与力量。

仙乃日最高，海拔6032米。其他两座山夏诺多吉与央迈勇一样高，海拔都是5958米，三雪山呈品字形排开，是藏区最著名的雪山群。

我对央迈勇仰慕已久。它器宇轩昂，山体透着灵秀，山脊的曲线让人流泪。1928年，美国探险家洛克先生在稻城的群山重岭中，远远看到央迈勇，他在日记中写道："万里无云，眼前耸立着举世无双的金字塔，那是我见过的世界上最美的山峰。" 三雪山中我最先见到了央迈勇，对从稻城赶来的游客而言，央迈勇是最难见到的一座。问崩里喜欢哪一座山，她会心一笑，说每一座山都喜欢。三位菩萨一个都不得罪。

崩里也给我上了一课：神山下切忌用手指指山。她教我摊开手掌，掌心冲上，对山神的敬重如同这摊开的手掌般坦荡。山即神，这和人们在寺庙中的手势是一样的。我像是犯了错的孩子，崩里说不知者无罪，神仙是不会怪罪的。

山路回转，央迈勇从身侧转向身后，夕阳映出一道道金光，每一次回头我都要大叫一声，像一个情绪失控的孩子。这样的举动总让崩里会心一笑，雪山早已融入她的血脉，它神圣又亲切，像是她身边的长者。

山谷的草甸上开满了黄色的小花，雪山傲然矗立，冰雪化作涓涓细流滋润着广阔的谷地，这就是洛绒牛场，徒步两天后终于抵达终点。一路上我们没有遇到一个游客，原来亚丁景区正在改造，洛绒牛场修路对外封闭。后来才知道咸蛋几天前也来到这里却被挡在牛场之外，洛绒牛场是唯一一个可以仰望三座神山的地方。

修路使当地政府站在了藏民的对立面，政府希望通过栈道和观光电瓶车

↑五色海，水光晶莹，微波浮动

↑层层经幡挡住了来路，
似要将你包裹

↑垭口上的小花，
标识了亚丁稍纵即逝的夏天

↑巨大的玛尼堆矗立山口

↑崩里，阳光下的格桑花

吸引更多的游客，而电瓶车的开通无疑抢了亚丁人的骡子生意。一场激烈的斗争之后，这条路还是修了起来。一想到不久以后拍摄雪山的照片里会多出一条长长的栈道心里就不是滋味。环境开发与保护是永恒的矛盾，亚丁神山仍未能幸免。屡屡端起相机对着山谷按下快门，像是在告别什么。

就在此时，崩里手掌缓缓抬起，右前方，浓云散去，夕阳余晖之下，金色的夏诺多吉突然现身。它像是一把锋利的锥子，尽显金刚手菩萨刚正不阿的本性。不多时，余光散尽，它又消失了。来得突然，去得沉静。

牛场不远处就是崩里干活的工地，崩里家的骡子刚刚歇工，崩里捋着它的鬃毛像是安慰自己的孩子。

天黑了，我借宿工地。我和崩里把工地里的剩饭一扫而空，菜汤和锅巴胜过“珍珠翡翠白玉汤”。工地上有一群年轻人，有附近的藏族青年也有从川西赶来的彝族打工仔，大家拿我和崩里开玩笑，我说不过几个小伙子，崩里却总是挺身而出。

晚上钻进了大通铺，鼾声此起彼伏。崩里躺在旁边已经睡着了，头发散在脸侧，安静而美丽。这两天她帮我背包，把家里的青稞饼分给我吃，给我讲故事，教我挖松茸，还带我住进了自己的工地。真诚、善良又乐观，像是格桑花。

“下地狱，上天堂”，只有两个人的亚丁景区，不知道是哪辈子修来的福分。

↑从地狱走向天堂

到底谁是“香格里拉”？

洛绒牛场—亚丁—日瓦　　风景★★★★☆

央迈勇迎来了清晨的第一道光，溪流中映射着它的倒影，躺在草地上仰望它，天格外蓝，希望时光从此停滞。几个转山的藏民已来到山下，桑烟燃起，寂静的山谷中增添了几分神秘。

冲古寺不大，地处三神山怀抱之中。传说藏人高僧在此建庙时惊动了山神，祸及百姓。高僧日夜诵经护佑众生感动了神灵，百姓的病好了，高僧却病重圆寂，他的灵骨就在寺庙内。冲古寺是藏民转山的起点，信徒们出发前都会在这里烧香祈福。冲古寺的尼姑更是常年奔走在转山路上，这是一种极具韧性的修行，在她们的眼中冲古寺不是起点，也不是终点，而是漫长修行路上的驿站，她们用生命行走，像是钟，耗尽一生静止于某一点，那一点似曾相识，却早已不同。

冲古寺向西是珍珠海（卓玛拉错），那里是观赏仙乃日的最佳地点，仙乃日如四臂观音端坐于莲花宝座之上，珍珠海如镜子般投射出它的倒影，气势非凡。三雪山中，仙乃日最高，尊为长者，同时由于央迈勇与夏诺多吉之间有陡峭的山壁阻挡，藏民们是围绕仙乃日转山的。仙乃日也是三神山中最容易见到的雪山。至此，稻城三神山叩拜完毕。

→央迈勇，世上最美的山峰，山脊的曲线让人流泪

↑袅袅桑烟升起，你未出生时，爷爷就在这里转山

从珍珠海返回冲古寺，这段路正是转山路的最后一段。冲古寺向下到龙同坝，游客们沿着山路蹒跚地向上爬，我却健步如飞。路中耸立着巨大的玛尼堆，层层叠叠，日积月累，玛尼堆高耸如小山。

走出龙同坝景区大门，看到准备上山购票的游客，才突然意识到自己从后山一路上来居然没买票。租了一辆小面包车奔向下一站日瓦，司机是日瓦乡的藏族小伙子，他娴熟地驾车在山路上飞奔，刚刚穿街而过的亚丁村落一会儿就变成了山谷中的小格子，绿的青稞映衬着灰的房子，有种说不出的美。在亚丁村上方的盘山公路，群山之间仙乃日伸出头来，在珍珠海时，它还羞涩地躲在云中，这时却现出真身向你道别，三神山都不期而遇。不走回头路，亚丁之行结束了。

日瓦2002年已更名为香格里拉乡，人们还是习惯叫它日瓦。此前，云南中甸已更名为香格里拉县，两地更名源于川滇藏区的香格里拉之争。

“香格里拉”一词最早源于藏经中的香巴拉王国，藏语的意思为“心中的日月”。让香格里拉名噪全球的却是一本小说——1933年英国作家詹姆斯·希

↑亚丁村，再普通不过的藏族村落，
却因三座雪山驰名中外

尔顿出版的小说《消失的地平线》。书中描述了当年东南亚某驻地英国领事遭遇暴乱，准备乘机飞往印度，结果遭遇劫机，意外地闯入一个天堂般的仙境香格里拉。

小说中对香格里拉的描述令人神往："这里有神圣的雪山，幽深的峡谷，飞舞的瀑布，被森林环绕的宁静的湖泊，徜徉在草原上的牛羊，如镜的天空，金碧辉煌的庙宇……一切都美得让人窒息。纯洁的人们热情欢迎着远道而来的客人。这里是宗教圣土，人间天堂。"

小说引发了人们探寻香格里拉的热潮，纳粹德国曾经专门派出7支探险队来到青藏高原试图寻找雅利安人的先民，他们认为雅利安人的祖先来自香格里拉。

半个多世纪以来，小说中的香格里拉一直在人们的现实生活与精神世界之间游荡。小说中的很多素材源于美国生物学家、探险家洛克的游记，曾经居住在丽江的洛克上世纪二三十年代在滇西北探险并在《国家地理》发表文章，希尔顿在洛克的经历中融入更多的想象，他构建了玄妙的情节，给香格里拉披上了更加神秘的面纱，人们不禁要问：香格里拉到底在哪儿？

↑香格里拉镇，人们还是习惯叫它日瓦，
我在这里心情失落，行走的激情已经远去

“卡拉卡山”是小说中的地标：“视线被不可抗拒地引向山谷的正前方，就在那里凌空高耸着一座雄伟的山峰，在月光下闪着熠熠的光辉，这是世界上最美丽、最可爱的山峰……前方勾勒出苍白的三角形，这金字塔式的山峰又呈现在眼前，开始是灰色，接着换成了银色，后来，太阳最初的光芒吻了上来，这顶峰竟装点上粉色的胭脂。”

一路上聊起香格里拉，司机愤愤不平。他说真正的香格里拉就在稻城亚丁，卡拉卡山就是央迈勇。他还说当年探险家洛克真的来过亚丁雪山，而《消失的地平线》就是以此为原型的。他知道这么多，相信他也是深爱着香格里拉。他说中甸太有心机，抢注了“香格里拉”的名字。

2001年国务院批准云南中甸县正式更名为香格里拉县。稻城人傻了，木已成舟，稻城县从此失去了机会，一年之后他们被迫将所辖日瓦乡更名为“香格里拉乡”（2009年撤乡建镇），毕竟“乡”比“县”小，很多人都不知道在川西这里还藏着个小香格里拉。曾经看到一个攻略，起点和终点都是香格里拉，像是一条环线，但怎么都对不上，现在才明白原来说的是从中甸到日瓦。

对于稻城司机的抱怨我无从评论，在我的眼中，中甸与稻城是一体的，不应单因行政区划而分离，而且雪山、湖泊、森林、草地及喇嘛庙在藏区比比皆

↑转经路上，
老人步履蹒跚

↑结束了转经的日瓦老人在街边休息，转经是她们每天的例行工作

是，关于那个金字塔造型的雪山，央迈勇和卡瓦格博哪个更像也很难说。

香格里拉之争不仅限于中甸与稻城，稻城的临县乡城已把主干道命名为“香格里拉大道”，同在云南的怒江州丙中洛也与中甸掐过。藏东南、尼泊尔木斯塘、不丹甚至巴控克什米尔等很多地方均自称香格里拉。

从营销上讲，中甸的“抢注”是成功的，它吸引了大批向往香格里拉的游客，当地的旅游业发展迅猛。如同陶渊明笔下的“桃花源”一样，小说中的主人公离开香格里拉后同样再也无法返回。而现实中的香格里拉，甚至包括某同名的酒店却敞开双臂欢迎你。

我们已无力吐槽到底哪个是香格里拉，正像香格里拉的名字一样——“心中的日月”，也许它只存在于我们的心中，它是那样的圣洁，不容玷污与争辩。

期许远比真实的存在美丽，请为我们留下这种美。

拥有400年历史的名字“中甸”被终于“香格里拉”取代，并带来短期效益。内地又何尝没有此类改名？徽州改名黄山，就此斩断了徽派文化植根的这方水土，安徽的“徽”字也跟着迷失了方向。

名字是文化的传承，总觉得还是原来的名字有风韵。很多地名我们只能从诗词中缅怀了，如果用今天的名字，读起来不免会有些许悲愤之情：枣庄（兰陵）美酒郁金香，合肥（庐州）月光洒心上，思君不见下重庆（渝州），买花载酒西安（长安）市，暗度宝鸡（陈仓），南京（金陵）十二钗……

试想三国人物如果活到今天也会为此感到不堪吧：吾乃石家庄（常山）赵子龙，吾乃保定（幽州）张飞、吾乃驻马店（汝南）袁绍……是我想得太多了。

日瓦是山谷中安静的小镇，是稻城至亚丁唯一的驿站，在街角一侧找到了“三圣如意藏家庄”，我的自行车早已被之前的卡车司机送到了这里。那是一幢藏式小楼，温馨舒适。因为年初拉萨的事情，藏区游客锐减，日瓦本来客人不多，现在更是雪上加霜，老板一筹莫展。听说我从北京来，还留了名片让我帮忙推销这边的虫草。我安慰他说亚丁的美是不能阻挡的，聊起路上的经历，

↑进入亚丁景区时，夏诺多吉（左）和仙乃日（右）会从群山中探出头来欢迎你 （阿管摄）

原来川滇边卡的那个帅警察就是他的小儿子，世界真小。

饭馆偶遇藏人大叔，大腹便便，皮肤黝黑，吃肉喝酒，绿林好汉一般。一问家在乡城，是专门给寺庙塑佛的手艺人，塑一尊像样的佛要上万块。近年来藏区寺庙修缮，他忙不过来，准备招收徒弟，干了一杯他问我是否感兴趣。不知道是不是在开玩笑，心说我连橡皮泥都捏不好。

如今，神山已不再神秘，2013年稻城亚丁机场的开通使亚丁一日可达。不知是好是坏，亚丁已经发展成为成熟完善的旅游景区。电瓶车和步行栈道已启用多年，从日瓦到亚丁的出租面包车被景区班车取代。游览亚丁的行程通常是先乘坐班车从日瓦赶到龙同坝（往返120元/人），然后从龙同坝骑马或徒步至冲古寺。冲古寺至洛绒牛场可选择坐电瓶车（往返80元/人），洛绒牛场之后继续骑马或徒步。

户外爱好者可以选择仙乃日转山环线，转山全程需要10~16小时（依体力而定），转山路上游人较少。更强悍的则是从木里县或者泸沽湖长途跋涉徒步过来，不走回头路。

↑万亩杨林，早年的防护林意外地成为稻城的名片

唱起儿时的歌

日瓦—稻城　　风景★★★★

去稻城还要翻山，经历了连续爆胎后心情跌入谷底，继续搭车。小面包车拖着重重的尾气在山路上盘旋，绿的草和粉的花似乎要从窗外飞进来，心中像是亏欠了脚下的路。终于，车到山顶，我跳下车。

向山下奔跑，大风拍打脸颊，某种难忘的情怀再次被唤起，想到那些曾经不堪的路真想大哭一场。山下是一片宽广的河滩，藏屋鳞次栉比，水中倒映着杨树林，这就是传说中的稻城。稻城的万亩杨林是早年种植的防护林，如今却意外地成为了稻城的名片，河滩边的杨树层层叠叠，盛夏季节树叶微黄，随风摇曳，妩媚动人。秋天是这里最美的季节，那时候金色黄色红色交织在一起，如跳动的火焰。

住进城郊的“有家客栈”，老板像客栈的名字一样耐人寻味。江苏人、高个、长发、文艺青年范儿，略显颓废，院子当中停着一辆霸气的摩托车，产自重庆，据说是他一路从厂家那里骑回来的。在留言簿上看到了咸蛋的留言，附一张大眼睛的自画像。老板说她前两天刚走，在的时候天天做饭给他吃，走了都不习惯了。我把咸蛋这妮子一路忽悠到了川西，自己却不知道亚丁景区封闭，满心内疚，给她发了条短信，她回复我说很幸运地一路被捡，现在正在赶往巴塘的路上，还问那些路我是怎么骑过来的，她坐着都累。

↑稻城，宽广的河滩上藏屋鳞次栉比

稻城阳光充沛，街道闲适安静，适合晒太阳发呆，在邮局买了一套三神山的明信片给朋友寄去，以此打发无聊的时光。城南有温泉，骑着车远远望去，一片青青的麦田上有几间热气蒸腾的小屋子，那里就是茹布查卡温泉。泉水沿着山坡而下，经过每家每户，每家都有独立的隔间，野味十足。走进单间，身体缓缓沉入水池，浑身细胞热舞，仰头哈气任热流吹向皮肤，一路上的颠簸都随着身上的尘土一扫而空。高原温泉考验心脏，没一会儿就热得面红耳赤，不得不跳出水面冷却一下。

回去的路太安逸了，田野的尽头是一轮红日，杨树留下长长的影子，夕阳温暖而柔和，吹着小风，我唱起了儿时的歌。我小时候住平房，洗澡都要骑车去老爸单位的澡堂，几个小伙伴成群结队，洗完澡一起骑车回家，快乐得像小燕子。时空交错，我仿佛又回到了那个无忧无虑的年代。

↓稻城的孩子们很快和咸蛋、小白成了好朋友——你知道花环怎么编吗？

亮丽衣装不见

稻城—理塘—北京　　风景★★★☆

离家已两个月了，故技重施骗家里人说自己在出差，却总感觉老妈知道了什么。电话中她对我的“出差”内容毫无兴趣，只是提醒我在外面注意安全，吃好点儿，别亏待自己，还说奥运会马上就要开始了，北京大变样，希望我早点儿回去。我与公司的劳动纠纷解决了，从山里出来的时候收到银行的通知短信，前老板已经支付了赔款，公司的几个文件还在我家，我让朋友去家里取的时候估计老妈发现了什么，和她继续默契地维系着谎言。

从大理到德钦、从香格里拉到稻城，骑车、徒步、搭车，出逃京城的兴奋渐渐消退，途中认识的朋友各自散去，我迷失了目标。遇到了一个在外面漂了一年多的驴友，他说两个月是一个坎儿。这个坎儿我迈不过去了，我想回家。

↑绵延不断的巨石阵让归途变得更加漫长

←理塘大草原，还有初次相见的那份温热

搭车从稻城赶回理塘，计划中两天的骑行路只用了半天，面包车载着我穿越了海子山“古冰帽”奇观：铺天盖地的巨石列在道路两侧，巨石中点缀着浩若繁星的湖泊，像是天空留下的眼泪。

这一神奇地貌是喜马拉雅造山运动的遗迹，海拔4000多米的高原上分布着1000多个大大小小的湖泊，我们在公路上只能窥见冰山一角。海子山的湖泊散落于嶙峋乱石间，碧蓝如玉，晶莹剔透。一路上没有人，巨石与湖泊的交错让人有进入外星球的感觉。

途中我们经过了海子山的著名地标——兔儿山。同车的牧民大伯指了一下窗外，然后伸出手指在头上比画着兔耳朵，可爱得像个孩子。只见一座大山上耸立着两座陡峭尖利的巨石，宛若一对兔耳朵。兔儿山是典型的冰蚀峰林，山

↑时光荏苒，草原上已不见了亮丽的衣装（2006年摄于理塘）

上寸草不生，阴沉沉、黑压压的，却有了兔耳朵的温馨造型，海子山给人的感觉就是这样矛盾。

汽车从高原驶入平坦的理塘大草原，低矮的云层下是一条笔直的公路，阳光透过云层投下道道光柱，公路伸向远方，路的尽头似乎要触及梦想彼岸，理塘草原的壮美令我折服。2006年，我曾经骑车经过这里，那时的我怀着青春的梦想行走在朝圣的路上，用车轮丈量梦想，向着布达拉宫一路西行。

理塘草原还是那般宽广，因为某些原因一年一度的赛马节被取消了，草原上不见了那些鲜活的面孔和靓丽的衣装，空旷的草原像是在诉说着什么，还记得那首歌吗？

“洁白的仙鹤，请把双翅借给我。不飞遥远的地方，到理塘转一转就会回。”

返京

理塘到康定的车每天一班。天没亮我就去了车站，中巴里塞满了藏民和各种土产，车顶也堆成山。自行车拆解后幸运地装进了放行李的地方，司机单收了运费，战功赫赫的自行车现在成了最大的负累。

中巴车迎来了第一道曙光，草原伸向天际，在晨光下变得柔和温暖。脚下就是川藏路，当年的骑行路，自行车走过的每一道弯我都记忆犹新。雨滴砸在车窗上，窸窣的雨声反衬出大地的宁静，心已与这些山路绑在了一起：红龙乡、雷达站、119道班、剪子弯山……雨雾中它们静静地浮现，又缓缓地滑向身后，像是多年老友，还未来得及问候就匆匆挥手道别。细雨中看到了低头前行的骑行者，我甚至无法打开车窗为他们加油，只能在心中送去祝福。梦想，曾以为那么遥远，现在却真实可见。

到康定赶上了去成都的末班车，趁着夜色回到成都。一天十几个小时的车程当年骑了整整一个星期……川藏路在变，路面翻修，新的隧道和大桥，新的店铺客栈，终会变成密集的旅游通道吗？

在成都的路灯下组装自行车，静静地骑车回旅店。深夜2点，街道空旷，夜色浑浊，自行车上的我像是泡发的银耳，四肢与意识同时失去控制，路灯伴随左右投出长长的影子，真的好累，不想再骑了。

回到北京，奥运会开幕了，时空一下子错乱了：茂密的森林，繁华的街道；藏族大叔的酥油茶，志愿者的服务牌；托包里的干粮，老妈做的红烧肉；空旷的山野，华彩的广场；牛场的地铺，柔软的沙发；草原的牧歌，电台里的BossaNova（一种“新派爵士乐”）；飞扬的经幡，舞动的彩旗；扑面的清风，怡人的空调风；奔腾的牦牛，飞驰的地铁；狂吠的藏狗，温柔的京巴；喇嘛庙里的吟诵，赛场上的呐喊……强烈的反差让我兴奋不已，又让我深感失落。

给我点儿时间，让我好好回忆这段旅程并感恩现在的生活。

第四章

飞越川藏之巅，不辞职去远行

条条大路抵圣城，在进藏的各条线路中川藏线因跨越无数瑰丽险峻的高山大川而令旅行者向往不已。川藏南线近年来因为备受追捧而出现了意想不到的拥堵情况，其实还有一个川藏北线，它的东沿曾经经历地震，那里有迷离的藏羌混居风情，西沿是无数未被袭扰的宗教圣地，是藏族文化的处女地。北线低调而神秘，堪称一次触及心灵的文化之旅。

狗改不了吃屎

成都—丹巴　　风景★★★☆

狗改不了吃屎是我的天性。长途骑行之后会摔车子骂娘说再也不骑了，在城市待久了心又痒了。坐在办公室里，望着北京城繁华的车流总是忍不住想起那些山路，想起车轮卷过的风。自行车还在阳台上，落满了灰。

被老板派去四川出差，差旅结束正值国庆长假，申请年假获老板恩准，大喜。脱去西服穿上冲锋衣，山地车已托朋友从北京托运过来，省去了往返机票，蓄谋已久的川藏北之行开始了。漫长的川藏北线是一片神秘的净土，旅行突然砸中自己，一切都让人猝不及防。

川藏北线有大北小北之分，小北线走川藏南线经新都桥后折向北，大北线从成都直接向北经小金穿越四姑娘山。小金与汶川同属一个地震带，出发之前损毁的公路仍未修复，那里仍塌方不断，只能搭车赶往小金的下一站丹巴。

成都西郊的茶店子长途汽车站集结了开往藏区的大巴，着急回家的藏民和喇嘛成了这里独特的风景线。去丹巴的大巴每早一班，国庆爆满。天未亮就赶到了车站，我孤零零地举着三个托包、一辆自行车，站在人流中手足无措，挤到大巴上时大巴放行李的地方已经塞满了。大巴鸣笛发车，我脑袋嗡嗡作响，

→再次骑上自行车，这个秋天还有很多未知

手抖得厉害，车轮还没卸下来，难道此行要就此夭折？

“别急！”身旁蹿出一个小伙子，很快，我的自行车被拆了，小伙子把他的大背包从放行李的地方取出来，把其他包重新码放整齐，硬是把拆散的自行车塞了进去，不争气的车链条还把他漂亮的背包蹭黑了。车子启动了，我踉踉跄跄地爬上座位喘着气，这才发现衣服从里到外全部湿透，兜中揣着的小笼包已被挤成肉饼……自己竟然还没来得及跟那个小伙子道谢。

由于地震的影响，大巴绕道川藏南线，我随大巴重温了一段当年的骑行路，车子翻越二郎山过泸定向北挺进大渡河谷。北上的路很差，车子摇摇欲坠，大渡河谷干燥，扬起的尘土弥散开来，汗流浃背的乘客不得不继续关上窗户，车厢中沉闷而压抑……

傍晚，终于到达丹巴——大渡河上游的重镇。跳出大巴，我深深地吸了一口气，好在后面的路都不用搭车了。但此话说得似乎早了一些。

←丹巴美女，为藏寨、碉楼点睛

嘉绒人听不懂康巴话

丹巴—甲居—丹巴—梭坡—丹巴　　风景★★★★　　强度★★★★

丹巴是大山中的一片神奇谷地，大金川、小金川、革什扎河、东谷河、大渡河五条河流在此交融，与河流平行的五条公路亦在此汇聚，县城便是这个五角星的中心，沿街行走会迷失了方向。丹巴的传奇无处不在，藏寨、碉楼、美女是丹巴三绝，嘉绒藏族在这里世代繁衍，它是藏族的一个奇特分支。

甲居

在大山之巅、江河之上散落着无数美丽的村落：甲居、中路、蒲角顶、大寨、巴底，每一个村落都像是一个无心雕琢出的艺术品。

选择向甲居进发，甲居藏寨因为被某杂志评为中国最美乡村而声名鹊起，选择它也是因为离县城最近。沿大金川河北上便是去甲居的路，夕阳下河水泛着粼粼波光，温情柔美，行至岔路口，一切美好就此打住。一个垂直向上的箭头写着“甲居”二字，这是一条如天梯般的路，头顶是卡帕玛群峰，路的坡度创造了我个人骑行的纪录。

深呼吸，在这条神奇的小路上骑行，车速之慢让人产生时空静止的错觉。夜色阑珊，甲居的影子都没有。此行还要翻越川藏之巅，这样的小山头怎么

↑甲居，距离县城最近的藏寨

能让人忍？吐一口气，奋力蹬踏。古人说对了：欲速则不达。爱车竟然掉链子了。链条上好后车子锒铛作响，变速器也坏了，一拨就掉链子，这就是我骑行的第一天。

星星灯火中甲居村映入眼帘，我踩着田间的泥巴路进入了一家客栈，老板见我骑车进来一脸惊讶。客栈是甲居最早的三家示范客栈之一，一幢四层的藏楼，屋内藏式家具古朴精致。几个客人凑了一桌吃晚餐，老板还上了青稞酒，酒水甘醇。觥筹之间认识了一位福建大哥，姓程，年纪正好大我一轮，也是独自出行。

半夜在房间里调变速器，还不断给北京的朋友打电话求救。变速器还未搞定，发现自己竟然把移动硬盘落在了成都的客栈，此行可以歇了！疲惫、绝望、躺在床上不想动，我慢慢地昏睡过去，睡着的时候不断暗示自己不要醒来。

清晨的阳光照进了藏寨，白墙红檐格外鲜亮，斑驳的树影投入房间，自己似乎也焕然一新，情绪真是个奇妙的东西。

↑藏寨，河滩上，山谷中，稻田旁，树林边，都是它们的身影

这是个清幽的山谷，甲居村民依山而居，独享着桃花源般的宁静。“甲居”在藏语里是百户人家的意思，百户人家分布在海拔相差千米的山上，要想转遍每一户人家需要足够的体力。村头的山坡可以俯瞰整个寨子，暖暖的阳光下，百户藏寨沿大金川河谷层层叠叠向上攀缘，依山势逶逦连绵，绛红色的梯形石屋在绿色的田野里闪着光。藏寨对岸，嘉绒藏族的神山墨尔多山万丈绝壁，群峰竞秀，大金川宛若哈达环绕其间。

串门做客，一探藏寨究竟。石屋多分为四层，一层为家畜，二层为厨房、储物室，三层为居室、经堂，屋顶为“拉吾则”。房屋装饰无不反映了嘉绒藏族的细腻心思：白墙红屋檐，红门彩格窗，红黑花边的房顶，屋顶“拉吾则”的四角是标志性的白色月牙形图腾，造型酷似牦牛头，象征着“天、地、人、神”和谐相处，即使是房顶的玉米都摆得整整齐齐。

甲居人用心维护他们的屋子，每逢春节他们都会用当地的观音土精心粉刷墙面，使整个藏寨焕然一新。用心的人会发现每家屋顶都有一块白石头，这是嘉绒先民的战神，传说中他们用这块白石头击败了骁勇善战的骑兵。

在甲居，藏寨与蓝天、白云、绿树、青山相互呼应，炊烟袅袅，宛若仙境。坐在院子里听鸟叫，看大妈晾晒粮食，跟大叔一起去青稞地里，去屋后的树上摘果子。树上的果子多得吃不完，常常掉在地里烂掉……在这里只要放松心情，体会山里人的日子就足够了。

梭坡

甲居以藏寨出名，梭坡则以碉楼群闻名于世。

梭坡在丹巴城东，昨日班车路过那里时正值黄昏时分，高山耸入云间，座座碉楼挺拔其间，云雾缭绕，让人怀疑自己是否停留在人间。今天赶到这里时碉楼依旧立在那里，三两成群，夕阳下泛着暖光，似神奇的林木，它们或矗立山巅，或散落田间，或与藏寨融为一体。民族史学家任乃强在第一次见它们时曾感慨：“上海浦东工厂的烟囱林立在了藏区。”这是多么诡异的感觉。

梭坡与外界的通路是一座铁索桥，铁索桥横跨大渡河，桥的尽头是一所希望小学，白色的教学楼颇为醒目，据说这是当年一位美国老妪捐赠的。路上有不少放学的孩子，国庆节放假他们像是飞舞的小燕子。小学前方便是梭坡莫洛村，莫洛村还没有客栈，问了几户人家，终于找到泽翁大叔一家，他家刚修过房子，可以提供住宿。

泽翁家中有他的妈妈、妻子，还有大儿子和儿媳，与一家人吃饭其乐融融。明天小儿子就要从泸定中学放假回家了，泸定中学是川西屈指可数的重点中学，小儿子是一家人的希望。吃饭的时候聊到了嘉绒藏族，丹巴大小金川这一带都是嘉绒藏族，泽翁大叔引以为豪。

嘉绒在藏语中的意思是靠近汉族人，历史上嘉绒地处藏、羌、汉等多民族接合部，嘉绒人融合了多民族的特点。区别于以游牧生活为主的藏族，嘉绒人以农业生产为主，生活劳作与汉族相似；嘉绒人的头帕、绣花鞋和腰带装饰细致精美，又有羌族人的影子；他们信奉藏传佛教，使用藏族文字，讲嘉绒方言。

嘉绒方言与其他地区的藏语有很大区别，即使是在丹巴，隔一座大山的两个村子也可能语言不同，横断山脉的阻隔保护并孕育了独特的嘉绒文化，嘉绒是藏族中的独特分支。

↓梭坡泽翁大叔家，打开窗便是大渡河谷

如同汉族一样，藏族也是立体和融合的。西藏在藏语中称为“博”，藏族称为“博巴”。“博巴”按不同地域分为“兑巴”（阿里地区），“藏巴”（日喀则地区），“卫巴”（拉萨地区），“康巴”（四川西部地区），“安多娃”（青海、云南、川西北等地区）。藏语依地区又有卫藏、康巴、安多三个方言。嘉绒藏族算是安多藏族的一个分支，我终于明白为什么泽翁大叔说他可以与青海的藏人沟通，却几乎听不懂理塘的康巴话……

泽翁一家人温暖亲切，苹果脆甜，床单雪白，酥油茶暖人心脾，突然有了回家的感觉。窗外大渡河谷一览无余，听着河水翻腾的声音就入睡了。

早晨餐桌上已摆好了热气腾腾的酥油馍馍和煮鸡蛋。鸡蛋不大，拨开柔软的蛋白，里面藏着金色的蛋黄，吃起来似乎回到童年。大叔说他家的鸡天天上山捉虫子，原来这才是鸡蛋最初的味道。出炉的馍馍用手抠开一个盖，埋入酥油，酥油受热化开，渗入到整个馍馍中，这就是丹巴人款待贵宾的酥油馍馍。

泽翁的村子里有几座离大渡河最近的碉楼，山间小径曲折，经过两座四角碉和一座八角碉，遇到从山上下来的一个丹巴小美女——“芝麻”。芝麻一路爬山把我带到她家，她家屋子是全村的最高点，里面还连着一座五角碉。之前

↓梭坡碉楼群，碉楼与村寨成了一体

←碉楼的一层曾经是经堂

在西藏林芝尼洋河畔见过秀巴碉楼，那里的碉楼是中空的，这里居然可以爬上来。

见过芝麻家的女主人丹增卓玛，小芝麻的“拉客”工作结束了。卓玛家的屋子有300年的历史了，她指指头顶说这碉楼已经800年了，是世界上最后一座五角碉。穿过屋子正厅上了房顶，再爬上独木梯，可进入古碉的木门。

门小且距离地面高，仅用一个独木梯连接。主人进入碉内可将独木梯收回，然后关闭小门，足见其防御功能。

碉内墙壁光滑，下宽上窄，随高度增加逐级收敛，墙体材料就地取材，由石片泥土砌成，棱角笔直，堪称建筑精湛，如此平滑笔直的建筑却不需要拉线。碉楼一层空空如也，卓玛说这里曾经是经堂。她指着墙上的几个洞说，那里原来是放经文的，后来被县城的红卫兵损毁了，取而代之的是一幅毛主席像，主席像一直留到了现在，已经褪了色。

碉楼共七层，层间用木头、草和泥土铺成楼板，连接楼层的都是独木梯，独木梯没有扶手，爬上去须手脚并用，每层有小窗，窗户外窄内宽，这样可以有效防范暗箭穿窗而入，也方便观察外面情况，向外射箭攻击。古为弓箭口，现在成了风景窗，视野逐级开阔。

登上顶层，村子里的藏寨碉楼及大渡河峡谷尽收眼底。卓玛指着脚下的一座与民居连接的四角碉说那里是梭坡村的村碉，是格鲁翁都家，他写的“谁晓古堡迷，挺直如天柱。历尽风霜雪，残念向谁哀”让丹巴碉楼出了名。格鲁翁都的父亲是康定大土司的侍从官，据说当年本村的监狱也设在他家的碉楼里。他家的四角碉也可以登顶。我来得不巧，碉楼正在修缮。

↑丹巴小美女芝麻。她说，爷爷的爷爷生来的时候家里就有了这座五角碉

↑一个特别的国庆节

极目远眺，大渡河谷山峰逶迤，碉楼林立，这真是一片神奇的土地。

丹巴碉楼是嘉绒先民们的建筑杰作，高耸入云的碉楼像是在细数历代的风雨。碉楼始于汉代，明清时达到鼎盛，有3000多座，清末火炮的出现使碉楼失去了防御功能，随着冷兵器时代的消亡而逐渐衰落。目前丹巴的碉楼仅存500多座，主要集中在梭坡、中路、蒲角顶。

从造型上碉楼可分为四角碉、五角碉、六角碉、八角碉、十二角碉、十三角碉，四角碉最为常见。从功能上又可分为家碉和寨碉。家碉以户为单位，依房而建，用于储存粮食和防御；寨碉以村为单位，由土司或头人筹资兴建，多建于道路要塞、山梁高处，用于整个村寨的通信防御。

碉楼威严，藏寨闲适，两者却在梭坡和谐共生，似乎寓意着战争与和平的辩证关系。

凡是民族分界与交融之地，也是民族冲突最激烈的地区。丹巴碉楼与历史上的大小金川战役紧紧联系在了一起。乾隆十二年（1747年）、乾隆三十六年（1771年），皇帝两次派重兵平定大小金川土司动乱。大小金川之战被誉为乾隆帝的十大武功之一。虽然清兵取得了最后的胜利，但也为此付出了惨重的代价，亦有评论认为，乾隆帝好大喜功，用朝廷重兵弹压山区藏民，得不偿失。

丹巴地势险要，易守难攻，碉楼在战役中发挥了重要的作用，“一碉不过数十人，万夫皆阻”。

丹巴藏民撤掉独木梯，身居碉楼，居高临下，远可射箭，近可投石，以守代攻，游刃有余。清兵受到重创后，乾隆帝下令将俘虏带至北京香山修筑碉楼工事，八旗军精壮将士2000人组成特种部队“健锐云梯营”，日夜演习攻坚战，才为最终的胜利打下了基础。至今在北京香山还有几处碉楼遗迹可以佐证。

卓玛指着河对岸的山巅说，那一座是“嘉绒碉王”，是十三角碉。历史上丹巴只修过三座十三角碉，它是仅存的一座。放眼望去，碉楼丛林中一座孤独的身影在云雾中飘摇不定。法国女子芙瑞塔先后四次来到丹巴并两次前往十三角碉，她将碉墙中的碎木屑带回美国做碳同位素测定，得出了“嘉绒碉王”建成的时间：元末明初。

到“碉王”要多久？卓玛说至少一天。我们头顶的这几处碉楼呢？卓玛说看着近，其实很远，到了那几座碉楼再翻过山顶就是中路村了。丹巴碉楼不仅是丰碑，更是一种修行，它们傲立山巅并温柔地注视着你，想要造访也须倾尽全力。

一阵风吹来，五角碉上的国旗迎风展开，向下眺望，漫山遍野的藏寨上飘扬着五星红旗。走下碉楼，芝麻正在门口等我们呢，国庆大阅兵开始了，真是一个特别的国庆节。

县城

大渡河两岸繁星点点，国庆节当晚我回到了丹巴县城。

再次遇到陈大哥，他要请我吃火锅鱼。红油汤在锅中冒着泡儿，透亮的鱼片投入其中，翻滚一圈就变白了，蘸上配好的调料，鲜香可口。啤酒入口，冰凉的啤酒安抚着燥热的味蕾，好不快活，地道的川菜补偿了路上的颠簸劳碌。

两个人不时聊着各自路上的糗事儿，气氛如锅中的红油般热烈，酒过三巡，突然感觉到说什么不重要了，重要的是有人倾听。陌生的小镇，素不相识的两人成了忘年交。

陈大哥40多岁，是个大老板，出发前他停掉了手头上的生意，把孩子留给了老婆，一个人从厦门到了成都又搭车来到丹巴，计划一次深度西藏游。不报团也不穷游，是另类独行侠。四十不惑，离开家人，猜他可能是遇到了什么瓶颈。英雄不问出处。

感谢陈大哥，他居然托人把我的移动硬盘从成都带回来了。成都的一个驴友正好去党岭徒步路过丹巴，他专程去青年旅舍把我的硬盘取回来。他只是陈大哥朋友的朋友，两人并不相识，只记得他有个特别的名字——森林木。川藏北还未启程就被种种温暖融化了。

目前，丹巴著名村落已经开始收费，甲居：30元。梭坡：20元。中路：20元。各村门票根据游人情况会有调整。

↑丹巴，大渡河上游的重镇，四条支流在此汇聚

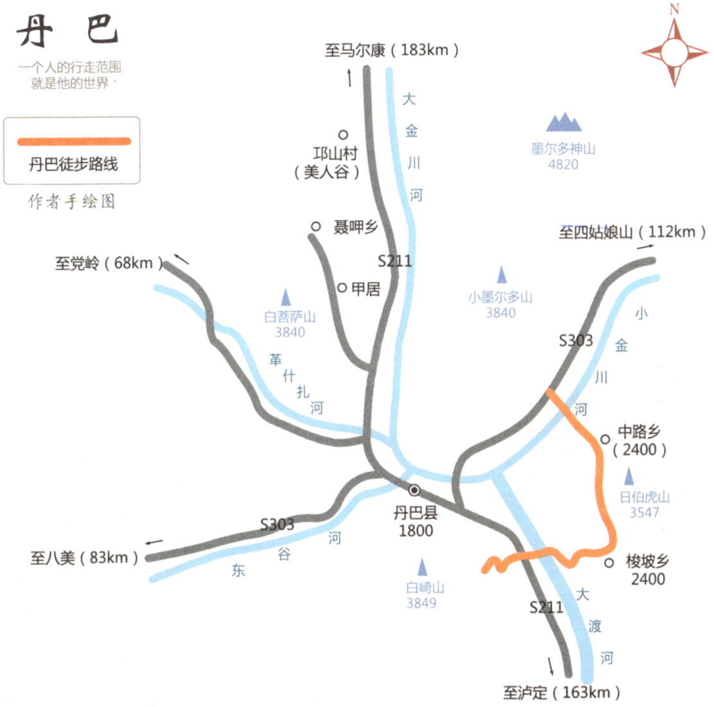

我已预感到孑然一身

丹巴—雅拉雪山—八美　风景★★★☆　强度★★★★☆

清晨出发时下雨了，川藏北骑行以雨路开始。路边东谷河溪流涌动，雨水冲刷后的藏寨焕然一新，一切都变得鲜亮，细雨柔软了我的心，找到了逝去已久的宁静。陈大哥包的车轻轻从我身边超过，他计划赶往新都桥，然后一路搭车去拉萨。骑车的我只能被朋友们一一超过，保持一颗温热的心，不因孤独而沉沦，不因离别而伤感。

↑洗去浮躁，倾听内心的声音

山坡上的梯田层层叠叠，泛着各种美妙的金色，梯田上方是高耸的藏寨，抬头仰望，不禁要问丹巴人为什么把房子修那么高。

路边的溪流变成了瀑布，一个70公里的大坡正在实现从嘉绒藏区到高原牧区的转变，这是此行的第一个挑战。下午精疲力竭之时经过一片温泉，方形的水池修在公路边，热气蒸腾。赤裸上身的藏族小伙子从水池中跳起来向我挥手。整整淋了一天雨，这是老天有意考验我吗，咬咬牙向他们挥手告别。

记得有个实验：在一个封闭的屋子里，科学家在一名小朋友面前放一块糖，告诉他如果半小时之内不吃就再给他一把糖。这对小孩子太残酷了！在视频监控里大部分小朋友没忍多久就把糖吃了，更有趣的，有一个小朋友把糖纸打开，舔了几口再把它包好了放回去。这口温泉对我同样残忍。

天黑前终于接近坡顶，路的尽头是雅拉雪山。雪山像是一面巨大的镜子，投射出暖暖的光。就这样在缓坡上慢慢骑，空中升起一轮圆月，月光皎洁。啊，马上是中秋节了。停下车，坐在路边的一块石头上，望着雪山圆月，从背包里取出一块月饼。

天高月圆，不知从哪天开始已经学会和自己独处。独处是一种修行。静下来，回归自我，回到最初的我。除去杂念，心智才会成熟，独处中安然，喧嚣中才有淡然。似乎已经预感到这是一次孑然一身的旅行。圆月升高，照着美丽的雅拉雪山，我静静地感受大地的苍凉与温暖……

当晚在月色中抵达八美，月光照着我一路飞奔，绵延的草地变成了童话中的飞毯，它将我抛向空中，又与我一同飞行。

万一碰到，千万不要反抗

八美—松林口—道孚　风景★★★★　强度★★★★

八美是川藏北线上的三岔口，这里是川藏南北线交汇的地方，向南是新都桥，向东回丹巴，向西进入甘孜。八美小镇成了我此行的难忘之地，我在这里丢了两样重要的东西。

数码照片丢了，操作失误导致前一天的照片被覆盖。雅拉雪山，像是初恋的爱人，走得悄无声息以至于我无法回忆出它的全部容颜。“雅拉”在藏语里的意思是“舍得”，它宽慰信徒们摆脱羁绊，此刻对我又有了新的寓意。

↓秋天为八美涂上了淡淡的金色，也为我在八美的遭遇画上了叹号

→那回眸一笑似乎要融化整个秋天

更要命的是钱包丢了，连同里面的身份证、信用卡及现金。努力回想自己在小镇去过的每一个地方——旅馆、超市、饭馆，如蚂蚁般在街道上来回搜寻，祈祷它能静静地躺在某处等我，但奇迹并未发生。

一个人蹲在路边，落魄而绝望，返回成都的大巴来了，身上剩的现金刚好够搭车回去。看着上下车忙碌的乘客，我一动不动，最终目送大巴远去。

骑上自行车，心里空空的。村镇远去，草原连绵不绝，秋天为远山涂上了一层淡金色，天高云淡，天地间透着凉意。八美之后标志着我已迈向川西高原，天地宽广，眼前的美景似乎要把我带入另一个世界。我有节奏地踏着自行车，试图找回“在路上”的感觉。

山坡上冲下来一大群牦牛，浩浩荡荡，每逢秋季山上的牦牛都会迁徙到海拔更低的地方过冬。牦牛摇着铜铃不紧不慢地穿过公路，像一支行进中的乐队，车辆不得不给牦牛让路。牦牛群中有一匹高头大马，骑马的居然是两个女孩子。大一点儿的戴着牛仔帽，帅气十足，她不时地吹着口哨驱赶牛群，她怀里抱着个小妹妹，妹妹的大眼睛可爱至极！两个孩子回眸一笑，那笑容似乎要融化整个秋天。旅途中打动你的可能只是一瞬间。

空中的乌云像花朵般聚在一起。下雨了，高原秋雨冰冷彻骨。保持自己的节奏，维持身体的温度，一阵疾风之后，冰雹砸下来了，在衣服上噼啪作响。冰雹融化湿润了公路，路面光洁晶莹，突然间云中撕开一条裂缝，深蓝的天空探出头，整个路面被映射出光亮的蓝色，此情此景突然让自己感动得想哭。人真是奇怪的动物，压倒你的事情很多，但一张笑脸或一片蓝天都能让你重拾勇气！

雨停了。山谷中闪动着迷人的颜色，草原如丝绢般柔美，苍翠青松下的红色灌木告诉你秋天来了。纯洁、美丽、宁静、动人，这些词都无法形容眼前的这一切。

缓缓靠近山顶，那里就是传说中的松林口。川藏北线上有两个臭名昭著的地方，一个是松林口，另外一个是罗锅梁子，这两个地方海拔接近4000米，山高无人，土匪经常出没。川藏北线相对川藏南线更加偏僻，留下不少惊悚的故事。

10年前的松林口绝对是一个让人恐惧的地方，那时候抢劫猖獗，过往的司机时有遇害，据说人民银行的运钞车和县公安局局长的座驾都在这里被伏击过，早年的自驾游的前辈们也有在这里被袭的，土匪们在下坡路段铺设尖钉路障，在傍晚时分袭击独自路过的车或者车队中的最后一辆车。抢劫团伙人数众多，配有军用枪支。

土匪之所以选择松林口，一是因为这段道路长期漫水，路况一直很差，车跑不起来，容易下手。另外一个原因是松林口道路两边高大的灌木丛容易藏身，得手后也容易逃脱。

出发时，八美的老板娘安慰我说现在治安好多了，又提醒我一定要在天黑前通过这里。最后又补充了一句，万一碰到，千万不要反抗，要什么就给什么，想想自己钱包丢了，连买命的钱都没了，要是死了也够冤的。

山顶鸦雀无声，孤零零的经幡随风飘动，山风一阵躁动，松林中似有阴影闪动，一阵心惊肉跳，玩命狂蹬骑上山口，却另有一番场景。

热闹的人群和卡车车队在山口集结，骑摩托的藏民在路边抽烟休息，卡车

↑松林口有了警务站，垭口不再孤单　↑“海拔再高也高不过群众利益”

司机忙着给车加水。垭口旁是一个小门房，居然是个迷你警务站！警务站里走出来一个穿便装的藏族小伙子，说：“你一个人骑车上山勇气不小啊！”

我说：“这里真有警务站啊？”他笑了：“这个点是去年建的。”小伙子脸上略带羞涩。

“这里海拔这么高，晚上很冷吧？”我说，“全年都要值守吗？”

“是啊，现在还好，12月就很冷了。”

小伙子说辛苦了，然后手向旁边一指，门口居然还有一个暖水瓶！

警务站上方拉了一条标语，“海拔再高也高不过群众利益！”再望望刚才山上的“孤风鬼影”，只不过是松树的枝条罢了，看来书里说古代有人被自己的影子吓死真不是编的。

下山路不出所料，被雨水冲刷后的路面布满稀泥，大大小小的碎石夹杂其中，像是比萨的馅料。这样的路上如果设了路障，四个轮子的一定九死一生。顺利通过松林口后我有点儿得意忘形，乱石稀泥在两腿间飞舞，没一会儿车胎就爆了。

我换好备胎，骑了没多远车胎又瘪了，这才发现外胎破了个口子！变速器坏了，钱包丢了，又接二连三地爆胎！把车扔在路边，躺在草地上一动不动。日头西斜，身边飞来一只鸟，红的羽毛，圆溜溜的眼睛静静地盯着我看，没一会儿又飞走了。

几辆大车飞奔而过，无视我的挥手求助。许久，终于来了一辆，车停下我的心凉了半截，一辆小奥拓前排坐着两个人，后排塞满了货。司机是个帅气的小伙子，他探出头说能给多少钱，我说我身上的钱不多。最后他摆摆手说算了。我以为他准备开车走了，没想到他和副驾上的小胖子一起走下车开始搬货。我的自行车太长，无法完全塞进后备箱，放在后排还是太长，有点儿绝望了。

司机把手上的烟头一扔，用脚踩得粉碎，说："我就不信了！"他把后排座位掀起来，拆解自行车塞进后排。他又把车窗摇下来，让车把探出窗外，车门刚好关上。我怎么办？司机拍拍我的肩，说："不会扔下你的。"他指着那个同行的小胖子说："你们挤一下。"

所有的"物件"都一起塞进了奥拓车，两个小伙子，一高一矮，一胖一瘦。两个人都是道孚人，在成都做事，国庆节一起回家。从成都到道孚，从工作到旅游，一顿侃。

山路还是那条山路，心情却一下子欢腾雀跃了。小车熟练地在弯道上盘旋，我们也随着车一同左右摇摆，我和胖哥挤在副驾驶上，感受着车门和他身体的双重压力，某一弯道我们俩几乎贴在了一起。他双手紧抠靠背和面板，手臂呈环形保护着操纵杆以防影响到司机，看起来比我舒服不了多少。身后的自行车"小红"是最安逸的，它探出头，呼吸着山里的空气。

司机一边开车一边自嘲说，车能塞成这样，路边有人看到会笑死吧。果真路上还有藏族大妈拦车，司机减速，用嘴撇撇车里，几个人哈哈大笑，拦车的大妈也笑了。

一路上欢声笑语到了道孚县城，司机小伙子直接把我送到了城里的修车铺，还留了手机号，说在道孚有困难直接找他。不一会儿小奥拓就在街角消失了。

车子的问题解决了，钱和身份证怎么办？在路边的一个警察岗亭里，我向一个民警说明了我的情况。他说：“如果你相信我的话，你朋友可以把钱打到我的账户上来。”警察一句话挽救我于苦海之中。

身份证明一时半会儿搞不定，藏区的旅馆和网吧管理更严，都需要登记，估计后面的路我只能靠厚脸皮、装可怜了。打电话给北京的朋友，说了汇款的事儿，还请他把我的护照快递给成都的朋友，有了护照自己好歹还能坐飞机回去。

几经周折，晚上终于住进了道孚的一个家庭客栈，屋子是典型的道孚民居，一座纯木结构二层藏式阁楼。白墙花窗，“品”字滴水屋檐。屋门镶嵌狮头大铜环，正厅内左右两侧有4组精美浮雕，每一组是一个神话故事，堂内龙飞凤舞，鹤翔麟跃，穹顶横梁彩绘异兽、龙凤、五彩祥云，客厅、卧室及门庭都有繁复的花纹图案，色彩炫目，让人叫绝。屋内置有经堂，唐卡及佛像，酥油灯长明。

房东大妈安排我住进她儿子的房间，儿子正在外面上大学，还给我送来刚从院子里摘的苹果。大妈的婆婆和他们老两口住在一起，老人汉语说得不好，说话间都是那种特灿烂的笑，她深深的皱纹一下子让我想起了过世的奶奶。藏式家居中摆着一个老式的座钟，房间拐角里还有一台缝纫机，与我妈家里那些老摆件如出一辙，一下子有了回家的感觉。

躺在床上辗转难眠，路上事事不顺却遇到了好心人。

窗外，一轮明月挂在空中，今天正是八月十五。

鲜水河畔流动的长诗

道孚—炉霍　风景★★★☆　强度★★★

说到道孚，不得不说房子，道孚有藏区最美的房子，道孚人勇敢地打破了寺院独尊的传统，在建筑结构及装饰上大胆借鉴寺院风格，如同我造访的道孚人家，房子的雕梁画栋之精美让人惊叹。

前行路上，路边有栋正在修的房子，屋顶聚集的人像一排麻雀，有人冲我喊，让我喝茶休息。盛情难却，来到道孚民居修建现场，房子已经盖到二层，主梁粗壮有力，双臂都无法抱拢。道孚日照长、昼夜温差大，选择木结构冬暖夏凉。因为林业保护的关系，现在能造这样大的木屋实属难得。

大家正在向房顶运“阿嘎土”，“阿嘎”在藏语里的意思是白色的物质。“阿嘎土”是藏式古建筑修筑屋顶的传统材料，将风化的石灰岩捣成粉末，与泥土和水混合后铺于屋顶，再反复夯打。有藏族民歌唱道：“阿嘎不是石头，阿嘎不是泥土，阿嘎是深山里的莲花大地的精华。”可见“阿嘎土”在西藏建筑中的作用。

运“阿嘎土”的是清一色的姑娘，上到二层，姑娘们围拢过来我看花了眼，我问房主人是谁，开朗的女主人卓玛在房顶上跳起了舞，真是欢乐的劳动场景。不要责怪只有女人干活，待房子的“阿嘎土”铺好后，每户人家都会派出一个男壮丁过来打夯土，那时候就热闹了，大家载歌载舞，步调一致地在房

↑道孚民居，鲜水河畔跳动的音符

↑一家人盖房，村里所有人都会来帮忙

↑女主人卓玛和她家的新房子

顶移动，大一点儿的房子还会有两组人斗歌。

我问卓玛房子什么时候竣工，她说还要两年，主体建好后还要请工匠雕刻设计房屋内部，房屋粉刷主要是白棕双色，白的屋顶和墙，棕的木窗木梁，其间配以红、蓝图案。这对每户人家来说都是一项浩大的工程。

鲜水河两岸，道孚民居鳞次栉比。丛林中，山坡上，鲜水河畔，独具一格。一路上，一座座民居在蓝天白云掩映下变得鲜活生动，成了流动的长诗。

道孚至炉霍一路沿着鲜水河上行。鲜水河上游宽阔平坦，先见寺庙后见城，远远地看到山坡上有一座寺庙，那是炉霍最大的寺庙——寿灵寺，山下就是炉霍城了。

↑卡萨，让人充满想象的名字

珍藏它，哪怕它只是匆匆路过

炉霍—卡萨湖—罗锅梁子—甘孜　风景★★★★　强度★★★★☆

在炉霍县城住的宾馆叫 “卡萨”，好像在街上也见过这名字，就问前台的藏族小姑娘为什么叫卡萨。姑娘一笑：“就是个名字。”炉霍之上，鲜水河秋色渐浓，波浪般的公路持续挑战意志力，高耸的罗锅梁子越来越近，一个湖出现了，叫卡萨湖，原来这就是“卡萨”。

湖边散落着五彩的经文帖，湖对岸的山腰上是一座寺庙，据说里面住了不少尼姑。寺庙清晰可见，然而隔了一个湖面，仿佛隔了一个世界。

登山路上卡萨湖芳容尽显，金色的青稞田，绿的草、蓝的湖、灰的房子，一切都在晴空下绽放，湖水柔美，田野的线条沿湖边伸向远方，一切似乎凝固了。每当藏历羊年，就有信徒们长途跋涉来到这里转湖，祈福平安，探寻心灵的宁静。卡萨湖，你的胸怀似湖面一样平静，甚至还不知你的名字，却这样简单相遇，又匆匆告别。

我们经历过很多美好，却又与之匆匆告别，生命的车轮不会因好或不好而停止，珍藏美好，哪怕它只是匆匆路过。

罗锅梁子与理塘东侧的高原风光神似，层叠的山梁如波浪般绵延远方，湛蓝的天空下是变幻的云，云似乎触手可及。公路在这样的波浪上画着曲线：罗锅梁子需要翻越三个垭口，这对于骑行者来说是极大的挑战。如蜗牛爬杆，爬三尺滑两尺。

厚厚的云飘来，冰雹砸下来了，脸生疼，冰珠聚集在睫毛上，形成了薄冰。没一会儿太阳出来了，烘烤着我，热气蒸腾，衣服上的冰痕消失殆尽。大山之中，空无一人。

我在午后暖暖的阳光下顺利通过罗锅梁子。如同松林口一样，这里建了警务站，连着两座。几年前这里的货车还须结成车队并申请警车开道。有了警务站，过往的人们安心多了，警务站有一只很帅的军犬叫“洛桑”，从这里旅行路过不要忘记去看看它。

翻上最后一个垭口，眼前横着一排雪山，雪山下就是甘孜，等不及，我已飞入你怀抱。

↑隔了一个湖，仿佛隔了一个世界

灯不拨不亮

甘孜　　风景★★★☆

甘孜县城坐落在一片广阔的高原河谷之上，雅砻江穿城而过。江水平缓，清澈见底，如女子般尽显柔美。几年前我曾经在其下游的雅江县短暂停留，那里的雅砻江翻滚咆哮、惊涛拍岸，经过几百公里高原的磨炼，它已经成了放荡不羁的小伙子。不同的地理环境造就了不同的山水风貌，也孕育了不同的人民。

甘孜是川藏北线上的重镇，甘孜之后是川藏之巅雀儿山，我准备在这里休整一天。在康区，甘孜这个名字众所周知，然而甘孜又有很多所指。先是甘孜寺，甘孜寺所在的镇是甘孜镇，镇所在的县是甘孜县，县所在的州又叫甘孜州，不过甘孜州的州府不在甘孜县，而是远在川藏南线的康定。

甘孜源于甘孜寺，甘孜寺建在县城边的人字形的山坡上，是康区最大的格鲁派寺庙。甘孜寺大殿共分四层：一层为大经堂，二层为护法神殿，三层为强巴佛殿，四层供奉着由印度请来的觉卧仁波切。爬上寺庙大殿的最高层，可以一睹县城风光。

沿着寺庙的百级阶梯攀缘而上，到达一片开阔的平台，这里是甘孜寺著名的辩经台，每天下午都有辩经活动。喇嘛们三五成群围坐在一起，高声激辩，抑扬顿挫又慷慨激昂。辩论中不时双手击掌，将右手伸向天空，动作夸张，气

↑辩经，甘孜寺每天下午的固定活动

氛热烈。我在拉萨的色拉寺也曾经看过辩经，与那里游人如织的场景相比，今天这里只有我一个外人，与喇嘛聊天，有了更多了解辩经的机会。

辩经有两人对辩，一问一答。更多的是立宗辩，一人立说，等待其他人辩驳，问难者不断提问，或高声怪叫，或击掌助威，或来回踱步，激辩双方念珠舞动、拉袍撩衣，胜利者会用念珠在对方头上绕三圈……

辩经中的击掌动作让人印象深刻，提问者发问之前都要先说一个“底”字，随之将右手向后高高扬起，与左手相击发出脆响，再将右手伸向对方后拉回。那一声“底”相当于请心中的文殊菩萨开启智慧大门，高扬的右手表示文殊菩萨坐镇身后。

请教高僧方才得知两掌相击的含义：一个巴掌拍不响，世间一切都是众缘合和；掌声亦代表无常，一切都稍纵即逝；响声击醒心中慈悲，激发潜能，驱走恶念。右手伸向对方又拉回，是希望通过自己内心的善念和智慧，把苦难中的众生挽救出来。

正式的辩经会出现在一年一度的广愿法会上，应考僧人一个人与多位长老

↑路上，突然遇到一队可爱的喇嘛

同时辩论，方可考取最高的“拉然巴格西”学位，这算是藏传佛教的最高学位了。

辩经是喇嘛们攻读显宗经典的必经之路，他们认为没有辩论，对佛教经典的领悟就不会深刻，才思在激辩中方能融会贯通。这与禅宗修炼有很大区别，汉族僧人追求“心灵顿悟”，他们修炼内在，才有了“心动”“风动”“当头棒喝”之说。

辩经的历史可上溯到“拉萨论争”。公元792年，赤松德赞从印度请来莲花生、寂护等高僧入藏弘法，当时在西藏还有以大乘和尚为首的汉僧。一山不容二虎，两派掀起了一场论战。汉僧的性灵和感性敌不过印度僧人的缜密和逻辑思维，一个个变成锯了嘴的葫芦。这场失败虽不能说明孰优孰劣，却开创了藏传佛教辩经的先河，“灯不拨不亮，理不辩不明”，藏传佛教以这样有生命力的方式世代传承下来。

临走时误打误撞闯进了藏经楼，这里不对外开放，但小喇嘛却招手让我进去。小喇嘛从无数经书中取出一本，盘腿而坐，解开黄绸缎，这是一本《大藏经》，由狼毒草根所制，经久不坏，是寺内为数不多的文物。打开经书，一道光柱投射在隽秀的经文上，那些弯曲的文字似乎在向我静静地诉说甘孜寺的血泪史。甘孜寺有300多年的历史，却在浩劫年代被完全拆毁。现在的寺庙是1980年后新建的。

请让我踩到热乎乎的牦牛粪

甘孜—马尼干戈　风景★★★★★　强度★★★★

金秋季节，一切似乎不期而遇。

甘孜出城就是卓拉雪山，让人心跳加快。雅砻江水缠绵而下，一排排金色杨树列队河畔。大山打开大门，路途坦荡。雪山下，溪流畔，田野间，乡村路上到处跳动着秋天的影子。

中午，我看到了秋天难得的忙碌景象。几个村民正在河边的空地上做牦牛粪饼。藏区旅途中无数次淋雨落难，藏民帐篷里都是靠这些粪饼驱走严寒，煮沸酥油茶，藏民与粪饼的感情不可谓不深。

人群中一位大婶冲我招手，问我要不要试试。说话间她把手上的那团稀糊的东西举得高高的，喜感十足。大婶叫泽马康珠，其他几个人都是来帮她家做粪饼的。

天空晴朗，河水潺潺，泽马康珠一边揉着粪球，一边说起了牛粪的故事。

牦牛粪都是在田间路边房前屋后捡的，用心的藏民会在平时把这些黑亮的宝贝收集起来。因为拾到的牦牛粪是干的，需要将牦牛粪加水搅拌，用脚踩。待粪泥搅拌均匀后，将粪泥运到干燥的地方打饼。打粪饼就全靠个人手艺，大婶一边说一边轻盈地将粪球甩在了一块石头上，粪饼就做好了，只等晒干取

↑来吧，给你一个热情的拥抱

下。

看着大家战功卓著的双手，我弱弱地问：“不臭吗？”踩粪和运粪的几个人走过来大笑。泽马康珠说：“我们这儿还用粪饼烤面饼呢，烤出来的面饼特别香，有青草的香味。”我嘿嘿一笑，凑近一闻，没什么臭味，似乎还夹杂着点儿泥土的“清新”。据说牛粪的草药味还可以提神醒脑，让人开心地劳动、歌唱和做爱呢。

大婶说：“你可别小看这牦牛粪，它可是我们的宝。”牛粪饼在藏语中是燃料的意思，并无任何“粪”的含义。青藏高原缺少燃料，牛粪饼天然环保，烧过的灰还是青稞的肥料。豪爽的她张开双臂，说：“小伙子，你要不要也来做几个！”

如果能亲手做一个自己的牛粪饼，此行也算圆满了。我摩拳擦掌，惹得众人哄笑。如画的风景、勤劳的人们、纯净的生活，一切仿佛做梦一样。小小的牛粪饼带来了温暖，也滋润了这里的土地。在藏区，如果梦见踩到牦牛粪，那是吉祥如意的好兆头，热乎乎的宝贝没等你捡就撞到你了，能不让人欢喜吗？

↑制作粪饼，一项系统工程

↑藏屋、杨树、丰收后的田野，朗朗乾坤下万物和谐

路静静地向前伸展，雪山怀抱着广阔的高原，藏族村落分列其上。房子的外墙是泥土，虽不如道孚民居细腻华丽，朴素中却透露着简约粗犷。有心的村民在咖啡色的墙面上刷了白色的土灰，房屋变成了黑白巧克力。

青稞已经收获完毕，田野幽静。一路前行，柔和的光影下金色的田园生活在眼前展开：朴素的藏屋，金色的杨树，悠闲的牦牛，收获的农民……夕阳下路边的杨树像火一样燃烧，不知不觉间已被火海包围。

我们常常为了达到某个目标而疲于奔命，却遗憾地错过了路上的风景。原来最好的风景正是在路上，奔向目标的过程本身就是最美好的事。

慢一点儿，再慢一点儿，在这个最美好的过程中，我遇到了最美的秋天！

↑在甘孜，我遇到了最美的秋天

↑公路转过一道弯，最美的风景在路上

千万别吸氧

马尼干戈　　风景★★★★☆

马尼干戈，一听到这个名字就决定来这里了——这是一个驴友说的话，我深表同意，马尼干戈如同它的名字一样奇妙而美丽。

马尼干戈，海拔4000米，是雀儿山脚下的一个小镇，作为甘孜藏区的古道驿站已经有几百年的历史，至今它依然是三省交通要冲，小镇向北去青海玉树，向西进入西藏昌都，向东回成都。骑车赶到这里时已近傍晚，一路上饱览甘孜金秋的胜景。爬上藏东高原来到这里反而特平静，柔和的落日投在孤零零的路牌上，左手入西藏，右手入青海。车把左转。

像藏区很多城镇一样，这里实际上比我想象中还要小很多，三岔路口边只有一排小房子，房子反射的光在夕阳下变得温柔模糊，让你很难找寻它过去的记忆。与昔日的马帮车队相比，在这里见到的多是中途休息的货车，不变的是那份宁静与广阔。

住进了一家叫作“帕尼”的酒店，从外面看是一座二层的藏式楼阁，实则是一栋现代工艺的水泥楼。帕尼就是这家酒店的老板，是个矮墩墩的藏族汉子，敦实厚道，笑容可掬。

吃饭的时候遇到了三个年轻人：一对从成都来的年轻夫妇康康、小幺和另外一个女孩子小面。可能是一路上太久没有和人说话了，我厚着脸皮凑过去跟他们聊天，他们干脆把我叫过去一起吃饭。菜是相当地道的川菜，米饭是帕尼大叔用粗瓷碗蒸的，口味极佳，我胃口大开，面前很快堆起一摞空碗，从甘孜县城过来我差不多骑了100多公里的山路，三个背包客头一次见识了骑行者的胃口。

小面有点儿轻微的高反，胃口不好，看着我狼吞虎咽的样子一阵羡慕嫉妒恨。帕尼大叔走过来指着她手中抱着的氧气罐说："千万别吸。"然后指着楼上说："那边有几个广州来的也是高原反应，劝他们不要吸氧，他们不听，一个个抱着氧气罐猛吸。你们看着吧，他们明天就得原路返回。"小面一脸错愕。"上高原不舒服是正常的，急于吸氧破坏人体的免疫，反而会对氧气有依赖。"大叔目光温柔，慈爱得像个父亲。

晚上，小镇停电，院子里的柴油发电机隆隆作响。我搬到了他们的四人间，屋中空着的那张床像是专门为我预留的一样。高原的深秋之夜冰冷刺骨，四人躺在房间四角盖着双层被子，像是盒子里码好的寿司，蠕动的"寿司"们开始聊天了，好像是回到了大学宿舍的日子。

小幺三个人刚刚从色达回来，五明佛学院就藏在那里的一处山谷之中。五

↓迁徙的牦牛，红的狼毒花，金的草，马尼干戈的一切都透着安宁与自在

明是世界上最大的藏传佛学院，信众从四面八方赶来，在佛学院附近的山坡上搭起了木屋，日积月累，一座座红色的木屋连成了片，沿山势流动的红点密密麻麻地环绕着佛学院的金顶，感觉像是到了世界的另一端。偏远的地方有幸免于现代的侵蚀，色达、白玉、新龙……几个人想方设法往山沟里钻，我对此亦心有戚戚。

闲聊中小面透露了一个秘密，小幺和康康是在藏区旅行中认识的。我不禁感慨藏区的山神真的会惠及这些真诚善良的孩子。几年前川藏南线的骑行路上，一个孤独的女孩子，一个落单的男孩子，两个人均被不争气的同伴抛弃，偶然在一县城相遇，然后结伴同行，最后与我们的队伍一同抵达圣地拉萨。如今他们的孩子都已经周岁了，上个月还收到了他们发来的照片。当时男孩子在南京，女孩子在武汉，如果不是这条神奇的天路，谁会想到他们会共度今生？小幺和康康在亚丁相遇，两人一见钟情。康康说见到小幺就心跳加快、头晕目眩，奇怪这女子怎么会有这样的魔力，后来才知道是高原反应。

据康康说，他也曾经有过骑车去西藏的打算，但家门口的一次远郊骑行让他彻底放弃了，半天下来他的屁股就磨红了，他觉得我们这些骑行者都是异类，是受虐狂。他说去稻城的时候看到客栈的墙上有句留言“你这个傻子，你为什么骑车来稻城！”，我哈哈大笑，多像是写给自己的一段话。

我接着说自己曾在网上写骑行西藏的日志，之后跟朋友聊天问他看过文章之后我在他心目中的形象是否高大了很多。他摇摇头，说：“一点儿没有，你一个人在山头上骑车，天还下冰雹，下大雨，让朕一下子联想到了天涯歌女，实在太可怜了！”几个人笑得都缺氧了。

聊着聊着各种没下限的话题就出来了，关于路上的奇怪见闻，我意外取胜，我说的是一处茅厕。一路上也见过不少奇葩的茅厕，有的直接架河上，有的架在悬崖边上。而这一处却超乎想象，它就在卡萨湖边，如厕前须攀登数级台阶，下面不是坑，是一座山。如果不慎掉下去可能就是驴友圈里最离奇的死亡了……

清晨，走出旅馆，对面的山坡上一群牦牛迎着太阳向东迁徙。红的狼毒花，金的草，暖暖的阳光，一切都让人觉得那么安静与自在。

远远地听到一群孩子的叫声，抬头向平缓的山坡上望去，这里有一所希望小学。孩子们正在课间休息，不大的操场上一群人闹成一片。几个男孩子在玩“赶车大炮”，两个人架起一个人当大炮，中间的人用双腿发动火力袭击对

↑突然，小班长喊了一声：“敬礼！”所有小手齐刷刷地伸向了蓝天

方。欢笑声夹杂着一阵腿脚相击的声音，草甸子快要沸腾了！

看我手里拿着相机，为首的男孩子第一个跳了下来，胳膊还被两个人架着，我冲他皱了下眉，男孩子像是想起了什么，嗖地从兜里掏出了红领巾戴上，挺着小胸脯，像个小战士。

↑这样的球桌总能唤起曾经的记忆

↑孩子们的眼睛里映着马尼干戈干净的天空

上课铃响了，孩子们挥挥手小麻雀一样跑回了教室。一个班的孩子正在上藏语课，能清楚地听到读书声，却听不懂他们在读什么。悄悄地走到门口，和美丽的老师四目相对，老师笑了一下继续上课。

孩子们齐声朗诵课文，张着嘴像是嗷嗷待哺的鸟儿，眼中充满了渴望。读书声冲破蓝天，飞越草原。不知是老师的背影还是孩子们的眼神打动了我，这一切让我想起了自己上学时候的样子。学校操场的围墙画着漂亮的黑板报，藏汉文与图片，那么新鲜又那么熟悉。

离开学校的时候，孩子们的脸庞又一次浮现在面前。当时是在给一个孩子拍照，一会儿两三个孩子冲上来，一会儿又过来四五个，很快，镜头前就聚集了一个班的学生，孩子们的笑脸仿佛是阳光下盛开的格桑花。

突然，小班长喊了一声：“敬礼！”

所有小手齐刷刷地伸向了蓝天。

那一刻，很意外。

抬起双眼望着蓝天，呆了，天空湛蓝如洗，连云彩也在跳着绮丽快乐的舞蹈！马尼干戈的孩子们，你们快乐地长大吧，这里的明天是你们的！

守护川藏之巅

马尼干戈—新路海—雀儿山—德格　　风景★★★★☆　　强度★★★★★

天高云淡，那读书声似乎还在耳畔回响，通向雀儿山的路却已经开始了。深秋的藏区很迷人，多姿的云在柔和的山峦上留下了斑驳的影子，大地的一切都被金色的草原包裹着。踩着自行车，抬头望了一眼天空，与今天早上看到的一样美丽，只是云朵的形状变了样。

康康他们的车追上来了，比他们早起很多还是被追上。康康跳下车，从怀里掏出一个矿泉水瓶递给我，里面装着酥油茶，火热的瓶子暖着我的手心。“加油！”还没喝，心里就被暖流袭击了一下。三个人的车消失在了公路的尽头，此行再没有见到他们，如果旅行不意味着告别，那它或许就不是旅行。

金色的草原上点缀着牧民的房屋，屋檐在晨光下熠熠生辉。雪山出现了，宽阔的大山张开了臂膀，车轮呼呼作响，前面就是雀儿山吧？

雀儿山下藏着一个海——新路海，新路海边的一条小溪让人眼前一亮，高高的公路上可以一览它的全貌：溪流中无数块巨石上都刻着六字真言，大大小小的“六字真言”似与溪流共舞。

六字真言：ཨོཾམཎིཔདྨེཧཱུྃཧྲཱིཿ 藏区民众希望往生极乐世界所唱的六字

↑新路海更像是“心路海”，来路渐远，也是归途

↑雀儿山，真的没有雀儿能飞越吗？

圣歌。藏区的山头，转山的路边，玛尼堆的石头上是六字真言，转经老人口中，朝圣信徒的心里，也是六字真言。六字真言充满了整个藏区，无论那里多么偏僻，多么荒凉。它告知你信仰的存在无时无刻，不论空间。

在新路海的售票处卸下托包请售票的藏族妹妹帮忙看管，没想到买票的时候她挥挥手说："你直接进去吧！"踩着空空的自行车来到湖边，静静地坐在草地上，一切繁杂的思绪都会变得像湖面一样平静，湖面光亮得像面镜子，雀儿山的秋色倒映其中，水中与天空中的云一起缓缓移动。

新路海的藏文名字叫"玉隆拉措"，意思是心为湖倾倒，传说英雄格萨尔王的爱妃徘徊湖边流连忘返，她的心永沉湖底。"新路海"的名字是当年解放军第18军修路的时候留下的，海正好在新修的公路旁，所以就有了新路海的名字。如今的川藏公路已绝非新路，但名字却依然如故。有人喜欢叫它"心路海"，妙极了，甩开路上的颠簸劳顿，静静矗立湖边，一定会有不少心得体会吧。

新路海之后公路急转直上，山风很大，手心却流着热汗。雀儿山，我来了。

雀儿山有"川藏之巅"的美称，藏语叫"措拉"，意思是大鸟羽翼。雀儿山之名给了人们更多的想象，山峰太高，即使是雀儿也难以逾越？

山路盘旋向上，山谷里倒灌着阴风，路越走越荒，里面的衣服已经湿透。呼吸急促，头有些晕，心里发慌。眼前突然浮现出那位老司机，老人面带焦虑，充满了关爱。我们是在帕尼酒店里碰到的，一帮登山的驴友包了他的车去新路海上的雪山，几天还没下来，老人在客栈一楼的餐馆喝着茶等那帮驴友下山。

他指着我停在窗外的自行车问："你是一个人来的，骑车啊？"

"是啊！"

"去哪里啊？""德格。""你一个人骑车太危险了，前面就是雀儿山，"他眉头紧锁，把手臂举得很高，连连摇头，"雀儿山太高了，天气不好，全是雪。"我被说得不知如何是好，只好呵呵傻笑。

等扛着车上了客栈的二层时，我气喘吁吁，喉咙干，还一阵眩晕。我心里开始打鼓：在山脚就有反应了？

前方的路还在继续，深呼吸，抛去杂念，伏地向苍凉的大山前进。当你用心去触摸这片天地的时候，整个人已经融入其中，行走其间，心靠向天际。身体在冷风中冒着汗，似乎找到了节奏。

公路在山腰上拐了一个大弯，山中怪石嶙峋，除了深色的地衣，似乎没有一丝生命的迹象。公路道班夹杂在苍凉的山谷中，显得冰冷无比：雀儿山的四道班。还记得几年前第一次骑川藏的时候，理塘高原有绵延几百公里的无人区，7个伙伴投宿道班。暖暖的炉火，牦牛肉炖萝卜汤一下子驱走了身上的寒气，如果没有那个道班，可能真的完了。漫漫川藏路上一座座公路道班透着暖暖的人情味儿，它们散落在山麓两侧，像是银线上的珍珠，又像是一个个期待达成的目标。

距离四道班不远，碰到了道班工人，从新路海开始公路已沦为土路，路面经过大车碾压出现了许多大坑，需要常年维护。工人们正在用铁锨平整路面，他们是我今天遇到的唯一的路人，打起招呼来都用四川话。他们家都在四川，老婆孩子也留在那里，自己却把青春献给了雀儿山。道班工人中有个藏族小伙子，脸庞黑瘦硬朗，叫次仁当知，他的家就在山下的新路海，他是众多人当中离家最近的一个。次仁当知用流利的川普跟我说，现在还好，再过几天山里一下雪，清理路面的任务就重很多了，雀儿山交通中断对他们来说是家常便饭。

拐过那个大弯不知骑了多久，回望山谷居然又一次看到了四道班的工人，他们已经变成了小蚂蚁。停车大喊，声音消失在大山中没有丝毫回应，咫尺天涯！

时间在转动的车轮中不断地滑过，我如乌龟般一点点地挪动，黑云压顶，冰雹砸下来了，冲锋衣噼啪作响，把头埋在帽子里，一阵豪情冲上心头，保持踏频继续向前。回首之间，山坳里居然升起了一道淡淡的彩虹！

↓四道班工人次仁当知

↑用心触摸天地，
整个人已经融入其中

下午五点，身体极度不支的时候看到了那熟悉的经幡，它随风舞动，召唤我一点一点踩上垭口。今天我只吃了两个馒头，一碗稀饭，还有康康送给我的一瓶酥油茶。

我上来了，一切安然无恙。

垭口海拔5050米，脚下正是四川公路的最高点。站在山口向西藏的方向眺望，横断山脉如战士般排列成行，几年前曾经从那些千沟万壑中骑行，奔赴梦想圣地，再一次看到这一排排的山脉不禁要落泪。

垭口一侧是英雄的五道班，五道班把最高的山头留给了自己，这里夏天睡觉也要盖棉被，冬天又常常大雪封山，积雪齐腰。五道班出了一位全国劳模，已经60岁的藏族大叔陈德华，据说他在这个山头上已经干了将近30年。正要进去拜访，一位大哥走出来冲我嘿嘿一笑说，劳模去北京开会了。

山上还有亮光，一路冲下山，山的南麓是一个开阔的山谷，森林繁茂，景观大不同。路边的山窝里有座很不起眼的墓碑，墓碑上写着三个字——张福林。

1951年冬，18军的战士们还在为打通进藏的最后一道屏障——雀儿山而昼夜奋战。有位小炮班班长，他不顾高原缺氧和贫血带领全班连续爆破作业，准备打开山路的最后一段险阻。一天中午，他在工作中突然被一块坠落的巨石砸中，鲜活的生命永远留在了高原。他就是张福林，据说川藏公路每一公里就埋有一具忠骨，张福林只是他们中的一员。

战士们在整理遗物的时候发现他的衣兜里有几包菜籽，这是他进藏前买的，年轻的战士还想着开通公路后，在高原播下种子让大家吃到新鲜的蔬菜。那年，他只有25岁，如果他还活着，应该已经子孙满堂了吧。

天彻底黑了，山风作响，顷刻间下起了暴雨，雨水冲刷着双眼，继续前行。

这路修得实在太不易了，传说中鸟儿都无法逾越的雀儿山如今已经变成了通途。心中的孤寂感荡然无存，好像燃起了一团火，黑色的树影飞快地向背后闪过，沿着河谷飞速向下奔腾，朦胧的山影后好像看到了几代筑路人的身影。

2012年6月雀儿山隧道开工，隧道全长7公里，是世界上第一座海拔4300米以上的超长公路隧道。隧道预计在2017年5月通车，隧道开通有望解决雀儿山历年来大雪封山的问题。届时，雀儿山将摘下“四川公路之巅”的桂冠。

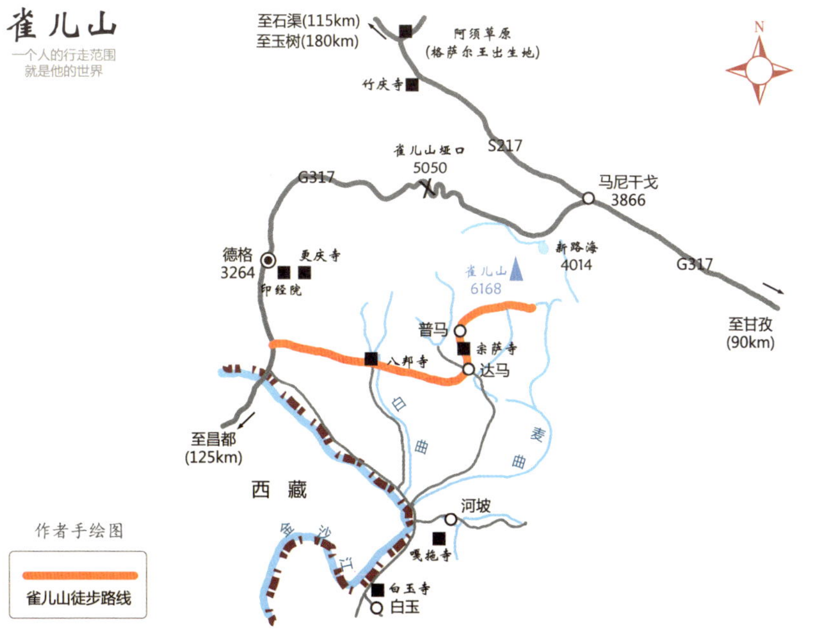

藏区的影子

德格　　风景★★★★

雀儿山南麓就是德格，德格是藏区文化的中心，英雄格萨尔王的故乡。雨过天晴，古朴的木屋排列在山上，水洗一般，连空气中都透着清新的味道。

昨夜那阴森的山谷中，黑云遮住了最后的一丝月光，奔腾的河衬出死一般的寂静。树木的黑影成了深邃的黑洞，似乎要将我吞噬，车轮卷起的泥一片片摔打在自己的脸上，发出“啪啪”的声音。赶到德格已是子夜，旅馆中看到镜子里的自己都乐了，泥巴风干后形成了坚硬的壳。

川藏北之行以雨路夜路开始，以雨路夜路收尾，行程圆满。记得第一天从丹巴出发，顶着濛濛细雨在长长的山路上骑了一整天，那天是八月十五，登上山顶时圆月升起，映照着羞涩的雅拉雪山，静静地感受大地的苍凉与温暖。第一天以凄美开端，最后一天则以凄惨结束，不幸被朋友言中。

清晨，与虔诚的信徒一同来到德格印经院，人流如涌动的潮水一般围绕着印经院行走，这是在藏区常见的场景：信徒沿着庙宇顺时针绕行，手上经筒旋转，念珠滚动，还有那由远及近的共鸣喉音。围着印经院行走代表着你已吟诵了印经院里的所有经书，这和在转经筒中塞入经文异曲同工，据说围印经院绕

↑德格更庆寺法会上，小喇嘛凝望天空，那里会有什么？

满1111圈就修行圆满，民众正在身体力行。德格在藏区的地位举足轻重，藏族人如果今生没有去拉萨朝圣过，那么也要去一趟德格的印经院朝拜一番，才可谓此生无憾。

德格印经院由德格第十二代土司却吉·登巴泽仁于雍正七年（1729年）在其家庙中兴建，在他主政的时期德格政治开明，经济繁荣，他主张宗教兼容并蓄，不分派别，使西藏各教派均能在德格繁荣发展。却吉·登巴泽仁52岁时开始创建印经院。经过历代土司的不断努力，印经院有了今天的规模，印经院的不断修缮扩大是与德格土司的显赫家族分不开的，德格土司世系长达1334年，直到解放前。德格印经院是世界上最大最古老的藏文印经院，百年来无数藏教典藏无不出自这里。这里虽不是寺院，但无数寺庙的经书均出于此，印经院是藏族文化的聚居之地。

轻轻进入大门，一股浓郁的墨香扑面而来，这一独特古朴的气息揭示了你已进入一座藏族文化的博物馆，眼前不单是静态的瑰宝——印经版，而是动态的文化——藏文雕版印刷术，这一技术已经在这里延续了300年。在印经院不同的位置有整个印经的全部工序。

雕版

一进门就是雕版的师傅们，他们头发花白，坐成一排。前方是洗版的水池，雕刻，洗去木屑，继续雕刻。据说在早些年，土司会抓一把金粉撒在经版上，抚平，落入文字缝隙的金粉就是刻板工人的工钱。为防止印版刻漏，又采取了两面雕刻，这样不但保证了作品的精度，还节省了材料。雕刻技艺薪火相传，老艺人满头白发，技艺早已炉火纯青。

洗版

印版取材于康北藏区特有的红桦木。洗版前印版已经过多道工序处理，印版须用微火烤脱水，在畜粪堆沤数月，取出水煮，烘干，方可保证几百年不变形。

雕版后印版须在酥油中浸泡一天，取出晒干，还要用一种特制的药水做防蛀处理，这种药水是用当地一种叫“苏巴”的草根熬制而成，可千年防蛀。待药水干后，一块印版才算大功告成。

印刷

印版做好了就开始印刷。印经院二层的一个廊厅里正在上演着真正的“印”与“刷”，一位老人身体微曲，在一块雕版上“刷”墨，另一位年轻人不断掀纸“印”墨，两人默契配合，指尖跳动，一张张经文如雪片般飞舞。老人的后背已浸湿汗水，伴随着高频的印刷，是不断吟诵的六字真言，低沉急促的声音在楼宇间回响，似乎要将经文的功德全部抒发出来。每一篇恢宏巨著都是这样诞生的吧？眼前看到的印刷工艺与三百年前毫无区别。

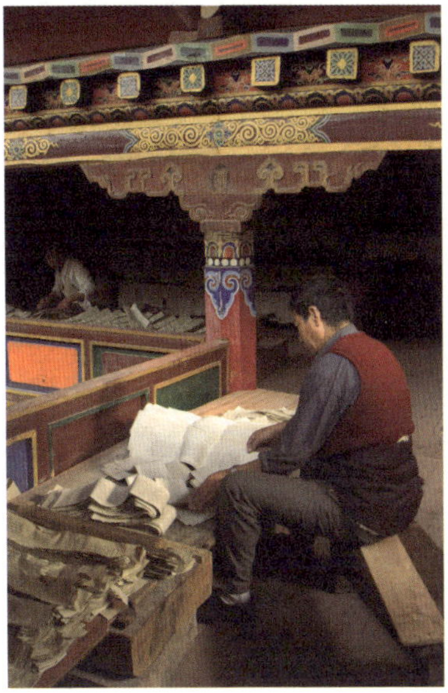

分拣整理

在印经院二层一侧的屋子里，老艺人将相同的经文分拣出来，整理成册，在昏暗的屋子里他们的背影像是在照顾刚刚出生的孩子。在印经院工作的许多老人，本可以在家享清福，却在这里操持着干了一辈子的手艺，他们认为这是在积累功德。

印经纸张为“德格藏纸”，材料取自藏药瑞香狼毒草的根须，吸墨极佳，柔韧、轻盈、微毒。造纸技艺曾一度失传，十几年前，终于从一位80多岁的老人手里抢救回了这门传统技艺。

幽暗的回廊里，印版层层叠叠，诉说着印经院几百年的沧桑变革

印经版是这里真正的主人，在高高的庙堂之中，近30万块印版和6000多块画版被层层叠叠码放整齐，闪耀着智慧的光。世代相传的藏族文化似乎都要凝结在这单薄的印版之上。有的印版刚刚制成，散发着木香，有的已沉寂百年……游走在深邃幽暗的回廊之中，仿佛游弋在藏族文化的历史长河中。

藏族文献有一多半出自这里，藏品不仅仅是经文，更触及了藏族文化的每一个角落：宗教、天文、地理、历史、诗歌、绘画、音乐、医药、工艺、科技。以音乐为例，这里收藏着300多块古藏乐谱经版，看起来样子很像五线谱，只是现在很难破译了。

爬上了印经院的房顶，秋日阳光耀眼，金色法轮闪光夺目。楼下，一个年轻人在搬运经书，肩头洒满阳光，沉甸甸的经文饱含工匠的心血，传播至整个藏区，世世代代。

印经院外，转经人潮并无任何退却的意思，人群中走出一位老妇人，她颤颤巍巍地走向围墙下的玛尼堆，有一块玛尼石摇摇欲坠。老人微屈着身子恭恭敬敬地把石头重新码好，那一瞬间永远定格。

印经院之上半山腰有一座寺庙，名曰“更庆寺”。大殿刚刚修葺完毕。历史上更庆寺和印经院是一体的，占地几百亩。在印经院和更庆寺之间的山坡上是规模宏大的土司官寨，只可惜在浩劫年代被毁，如今只能在山坡上凭空想象

↑藏区盖房子的热烈场景：男人打夯，女人运土

了。

走进更庆寺大殿就被诵经声包围了，这是一场法事活动，大喇嘛正襟危坐，下面分列坐满了喇嘛，藏民环绕四周。喇嘛们吟诵不绝，双臂挥舞，诵经声不绝于耳，在空旷的小宇宙中形成共鸣，让人浮想联翩。酥油灯映着人们的脸，大家都沐浴在佛法的洗礼之中，我也完全融入其中。

顷刻间，锣鼓响起，喇嘛们举起了铜铃，声音激荡魂魄。锣鼓齐鸣，所有喇嘛来到室外并戴上了黄帽子，大喇嘛上座继续引领诵经。

信徒们随着人潮拥出门外，神情专注。人群中走出一位老妇人，步履蹒

→打夯，展现男人舞技和歌喉的时候到了

跚，老人由一个年轻人搀扶，年轻人的夹克和牛仔裤与老人的藏服反差强烈。老人立在那里，左手捏数着一串菩提念珠。她面色憔悴却安详，生活的困苦与世事的无常已被那念珠消解得干干净净，锣声再次向起，她举起念珠触碰额头。

下山路上传来一片歌声，人们在给新建的房子打夯。四堵墙上站满了男人，他们手中握着木锤，载歌载舞。墙面不宽，他们像是旋转的陀螺，跳舞期间，脚下的夯土就被踩实了。歌声穿过经幡，飞上了蓝天。欢快的场景让人浮想联翩：办公室的隔间里，人们吹着口哨，哼着歌，手指有节奏地敲击着键盘……

山上的歌声渐渐远去，鲜活的面容却挥之不去。他们在物质生活上并不如我们富足，但他们却在品尝生活的原味，就像最好的汤只须放盐一样。抬头仰望蓝天，那朵“雪莲”已经退去。今天的法会上，一个小喇嘛凝视着天空，云朵簇拥在那里，像一朵圣洁的雪莲。

德格，只是藏区的一个影子，雪莲花开遍藏区的天空！

重走当年路

德格—康定—成都　　风景★★★★

德格与西藏只隔一条金沙江，我原计划骑行至西藏昌都，那里有世界上海拔最高的民用机场——邦达机场，然后乘飞机返回成都。得知前方修路，且昌都返回成都的飞机每周只有几班，假期将满，不得不原路返回。

从德格搭车返回成都至少要三天，我差点儿哭了。小面发来短信说“白玉很安静，喜欢”，我只有老老实实地回家，德格去白玉的路是一条乡道，后来好友烧饼骑行拉萨的时候居然走了这条路，大雨之后的烂泥巴让他苦不堪言，安静的白玉却给了他最意外的收获。

挤上了返程的面包车，我被分配在一个“加座”上——车门口的小马扎，没有靠背，颠簸的车子不断把我抛向空中，和旁边的大叔一起笑。笑发自肺腑，因为车再颠也比骑自行车舒服多了。车顶上的“小红”在清晨的阳光下留下长长的影子，路一下子长了很多。

几天前看到的景色像倒叙的电影一样从车窗外静静滑过。头顶的云如雪片，清晨的阳光透过阴霾映红了车上每个人的脸，一路上的美好记忆会像车窗外的风景一样离我而去吗？

第二天车子在翻越折多山的时候遇到了史无前例的堵车。折多山修路，上山的车和下山的车堆在了一起，像是推倒了的麻将牌。天黑了，车里的人焦躁不安。

我决定骑车下山。

这就是当年骑过的318啊，几年前，从未涉足高原的我怀揣梦想踏上了去拉萨的朝圣路。那个炎热的下午，我和6个队友一步一步地骑上了折多山，折多山对我们意义非凡：第一次翻越高原大山，第一次与高原反应抗争，第一次感受到垭口经幡的力量，无数个人生中的第一次，那是一次快速成长的经历。几年过去了，场景依然历历在目。骑上自行车，在车队中间辗转腾挪，寒冷的风无法阻挡前进的脚步。山谷中亮起一片灯火，高耸的路灯居然修到了山腰上，这是我印象中的那座山中小镇吗？路灯照耀我进入了山城，市区延长了很多，高楼林立，华灯闪烁。我试图寻找当年住过的那家客栈，还有那位大姐，但早已物是人非，客栈对面的车站也迁到了城外。

从康定返回成都的车是豪华大巴，当日就可以抵达成都，高原藏区离我而去，我将再一次回到城市。

在藏区骑行无疑是艰苦的，却为何恋恋不舍？因为在这里简单而快乐，目标在努力中实现，没有都市中的迷茫困苦。飘扬的风马旗、草原上的歌、喇嘛的经、孩子们的笑声，还没有离开我就开始想念它们了。

为什么要骑车上路自己也很难说清楚，在北京的高楼里，喜欢眺望窗外，繁华的街道上总能浮现出那些之字形的山路，它盘旋向上，伸向天际。

在德格遇到了一个盖房子的工地，男人们在房顶上唱歌打夯土，女人在下

↑伟岸的山脊光滑得像大地的臂膀，上面只有一棵树，突然觉得那棵树就是我

→姑娘突然停下来仰望蓝天

面运土，场面热烈非凡。热闹的人群中一个藏族姑娘吸引了我的目光，运土间歇她突然停下来立在一个土堆上抬头仰望蓝天，她就静静地立在那儿，长长的辫子垂在脑后，我猜她一定是在憧憬什么。

久违的美妙！一次次上路也许就是因为我在路上找到了久违的感觉：憧憬与经历，平静与坦荡，燃烧与跳动！

独自骑行无疑是孤独的，在去炉霍的路上，路边一座大山直冲云天，伟岸的山脊光滑得像大地的臂膀，上面长了一棵树，只有一棵。突然觉得那棵树就是我，呆立好久。

广阔的高原上只有你和你的朋友——影子，白云翻滚，大地起伏，河流绵延，雪山耸入云霄……

风声响起，突然发现其实你并不孤独，整个天空都是你的。

路在脚下，勿多言。

↑五明佛学院，北线上最神秘的地方之一（烧饼/摄）

西藏缘

↑从拉萨河畔遥望圣城，布达拉宫宛若天边升起的宫殿

2011年秋，参加在拉萨举行的半程马拉松活动，再次抵达圣城。

赛程起点就在布达拉宫广场，那天秋高气爽，蓝色的天望不到边。

发令枪响，全国各地的长跑爱好者从布达拉宫脚下鱼贯而出。藏民们驻足加油，两边是再熟悉不过的街景，踏实地踩着这片土地，用力呼吸着这里的空气，莫名感动。真想这样一直跑下去，永远不停。

赛后主办方为我做了一套视频短片，主题是“为梦想奔跑”。导演租了辆面包车，拉着自行车在青藏路上取景，又让我过了一回高原骑车的瘾。大家赶到纳木错的时候，摄影师产生高原反应，拍摄几乎无法继续……又一次快乐而艰辛的旅程。

注：视频短片，优酷网搜索“辞职去旅行——80后辞职骑行川藏：30岁前实现梦想”。

“任何困苦都是暂时的；

道路并非平坦，一路上总会有起有落；

现在是暴风骤雨，一会儿可能就是艳阳天；

为了一个目标可以忍受各种痛苦，直至终点，便是对自己有了交代……”

这些都是骑行教给我的简单哲学。

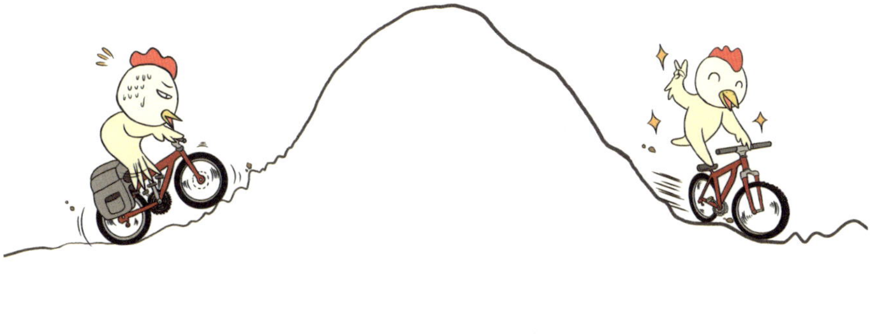

关于《飞行骑—笨鸡走川藏》

《飞行骑——笨鸡走川藏》是这本书的姊妹篇。《飞行骑——笨鸡走川藏》讲述了我和几个小伙伴沿着川藏线一路骑行朝拜圣城的故事。在那本书中，我第一次踏上高原，书里饱含着我第一次出书的各种血泪。

排版

在书即将被送厂印刷的时候被我叫停了，我对排版不满意。在书中我鼓励大家坚持梦想，而样书却不是我想要的，于是我对书商说，如果书是这样我就不出了。

“你不满意就自己去找设计师吧，我们不会再支付额外的费用”。

找来朋友救火，才知道理想与现实的鸿沟，把10万字和1000张图合在一本书里，还要美观谈何容易！经历了无数次挑灯夜战，排版还是显得拥挤。原来，由于受到篇幅的限制，书中不可能像博客那样肆意放图，即使很多图看起来那么美。

地图

书中的地图因涉及西藏敏感地区须交上级单位审查，为了保证进度，书商建议我删了。用心做了而且对读者有帮助，为什么要删？

“如果你坚持上地图，就自己去试试吧。”

地图在国家测绘局审核，对方说川藏地图属于省一级地图，建议我去四川省测绘局或者西藏测绘局报审。

补了一张中国地图再次送审，对方说地图中没有南沙群岛；补充了南沙群岛再送，又说南沙群岛的海洋国界线应该是10根，而非7根；再改再送……一本川藏游记和南沙群岛干上了，我坐车赶往国家测绘局的路上恍惚间感觉自己坐上了开往南海的渔船……

还有诸如封面、选纸、图片色差等问题，就不一一赘述了。书从诞生那一天起就注定是有缺憾的作品，唯有在出版前用心做到最好。

骑行西藏与出书，在两种不同的痛苦中挣扎，我似乎找到了一些相同的东西。

整个天空都是你的

一

高考语文成绩很差，在心里留下阴影，大学毕业很久以后还是常常做噩梦：铃声已响，彪悍的监考老师抽走了我的试卷，作文还没写完，挽住她的胳膊哭。

梦中的作文尚未完成，现实中却有两本游记完成，关于西藏的游记。不知从何时起，我这个曾经的“豆芽菜”走上了骑行西藏的不归路。骑车，是稍显另类却又接地气的旅行，公路漫过天际，旅途艰辛而枯燥，苦与乐内心自知。某日，北京惊现蓝天，仰望天空，所有经历都历历在目。它们是否美好如初？我要把它们记录下来。

西藏以拉萨为中心向外辐射，人们从不同的地方赶来，进藏路上形成了不同的风貌，信徒的心与路融为一体，那些雪山、森林、草原、河流和荒芜的高地似乎都在诉说着什么。

06年夏，川藏。

08年夏，滇藏。

09年秋，川藏北。

11年秋，拉萨。

13年初，前往尼泊尔路过拉萨。

……

二

我从小在西北的一个支边厂区中长大，那里四面环山被戈壁滩包围，人称“锅底坑”。巴掌大的锅底坑住着几万名职工和家属。从子弟幼儿园到子弟高中，我几乎没有离开过那里。从我家的阳台上可以看见地平线上隆起的烽火台，我常常遥想烽火台外面的世界。

如今，在北京的一个IT公司里，我“堕落”成为一名踏实肯干的老员工。曾经的辞职旅行渐行渐远，每天的日子可以想象：挤地铁，加班，刷微信，看美剧，唯一的运动是周末打一场羽毛球。自己和城市中流动的人群一样行色匆匆，目光灰暗。

有人说，年轻时我们看不到未来的样子，到36岁时突然发现生命逐渐凝固下来清晰可辨。第一次骑行拉萨时还是懵懂的“2”字头，十年里，路上的日子极其短暂，却因其丰富的棱角扩大了生活的维度。现实中没了棱角，书中有了自由天。工作上我会因老板的一句话而止步不前，书中我却可以重走江湖。

三

现实越灰暗，梦想就越美妙，就像北京现在的雾霾天无法阻止你畅想蓝天一样。

“那些我们熟悉并时常回顾的风景成为抚慰我们心灵的地方。那些地方之所以令我们心驰神往，是因为它们所讲述的故事，它们所拥有的记忆或美丽的风景，它们不停地召唤我们回去。”

纪念赤脚

↑赤脚，当年骑行在新藏公路上

在此书成稿前我收到网友的短信，一位叫赤脚的驴友在雅鲁藏布江失踪了，他一人从西藏马攸木出发开始漂流，一周后失联。

在网上发布寻人启事，专业人士很快做出评论：赤脚失踪的河段是一道险滩，危险程度不亚于虎跳峡。赤脚博客上晒出的漂流装备更是让人震惊：用塑料瓶和泡沫捆绑而成的漂流筏。博客上，赤脚在质疑声中仍然坚持自己。

赤脚，年龄与我相仿，他个字不高，从照片上看黑瘦，眸子闪光。职业一栏写着“无业”，他来自内蒙古的一个县城，事业不顺，背过债，朋友们都说他不善言谈。

等待消息的时候会看他的博客，里面居然有不少骑车日记。他从内蒙古老家出发骑行五岳，骑行香格里拉，还挑战新藏线，看到他翻越雪山的照片时我才恍然大悟：几年前我们在网络上也有“一面之缘”，我关注过他参加某网站举办的“140块钱骑车回家过年”的活动。那时他的名字叫“喜欢看飞鸟”。

应了“光脚的不怕穿鞋的”那句话。那一天，赤脚独自踏上了那条自制的筏子。他的微博定格在出发后的第10天：“今天一早就吹起东风，在湖里只有倒退……没办法只好等风停了再划。”

奇迹终究未能发生，失踪一个月后他的尸体在下游被发现，法医鉴定尸体在水中至少泡了20天。赤脚离我们而去，然而他带给我们的困惑却无法消散。是什么让他如此义无反顾？现实太不堪？还是他急于要证明什么？

生命之花花期虽短，花朵却艳丽绽放，赤脚试图通过种种努力突破自我，在生命的结尾画了一个大大的感叹号。

赤脚，那年你在博客里说骑车从乌鲁木齐到拉萨，又从拉萨到成都。颠簸几千公里，你突然觉得累了不想再骑，但搭车费用高又不得不骑。是的，我们都会遇到很多“不得不”，我多想告诉你如果累了就停下来歇口气。

自然可畏，生命亦无价。

友人小记

好吧，居然有很多开客栈、开咖啡馆的。

阿管

2007年经营“阿管咖啡屋”，攀登哈巴雪山，骑行香格里拉环线。

2009年，与朋友在丽江古城共同经营“云起丽江”客栈。2012年6月29日因对客栈游客酒后闹事“处理不当”被丽江市公安局拘留，2013年3月因证据不足保释。

2012年9月“云起丽江”客栈盘出，与朋友在古城义尚街文明巷共同经营“行云雅筑”客栈。2013年创立“睿途旅行”公司，从事私人旅行定制服务，创业道路艰辛仍不断努力。单身至今。

三七

2008年12月环哈巴骑行后离开丽江，回到老家云南曲靖，其间种过一年花椒树。2013年8月回到丽江，与阿管二次创业。2014年10月两人因为经营理念不同而分道扬镳。

2015年创立网店“大叔的梦想花园”（多肉植物）和“云味工房”（云南土特产）。单身至今。

三少

2009年3月“Story故事”客栈入不敷出，将客栈转手，返回内蒙古老家。5月筹集资金后返回丽江，与朋友在丽江南门开了一家叫“藏驿站”的藏式客栈，10月被父母叫回。之后在各地漂泊，旅途中创作歌词，2010年创作了《月光上行走》和《格桑阿佳》（阿佳组合演唱）。

2011年8月与几位词曲作者共同创立了“天音工坊”，为唱片公司及歌手提供原创歌曲。2013年2月回老家定居。单身至今。

咸蛋

2008年大学毕业后在武汉做广告设计。

2009年回老家湖南衡阳开了一家摄影工作室和咖啡吧，2012年关闭摄影工作室及咖啡吧，开了一家名叫“夏朵花园”的旅舍。同年开创“漫生活烘焙”工作室，教授甜点制作，在当地颇受欢迎。2015年6月增设“漫生活花店”。

每年定期放假去旅行：2011年尼泊尔，2012年马来西亚，2013年斯里兰卡，2014年甘南，2015年印度。

↑咸蛋2012年于斯里兰卡

小幺&康康

小幺于2007年搭车穿越川藏南线。

小幺与康康于2008年10月在亚丁旅行时相识，两人于2009年5月结婚，康康离开老家北京，与小幺在成都安家。2012年11月，两人喜得千金——小豆子。

小幺于2009年与朋友共同创立了一家建筑公司，经营公司至今。康康从事外贸行业至今。

↓小幺夫妇、笨鸡、小面 2009年于雀儿山

↑小面、神座昂堂大叔、小幺夫妇 2014年于阿坝神座

小面

2007年在网络上与小幺相识并成了驴友搭子。两人常常利用长假一起旅行，先后行走于新疆、川藏北、贡嘎、云南怒江傈僳族自治州等地。2012年10月搭车穿越川藏南线。

小面于2013年5月结婚，2013年小面夫妇深入西藏阿里及尼泊尔旅行，2014年自驾游新西兰。小面夫妇去川西旅行仍不忘相约小幺夫妇，2013年四川牛背山同行，2014年阿坝神座同行。

小面在广东佛山从事检测相关工作至今。

烧饼

↑烧饼2013年于亚青

西藏行结识的唯一一个在北京居住的人，曾经的同行，如今“四大俗”通吃。

2010年夏辞去外企测试工程师的工作，骑行川藏线至拉萨、珠峰大本营及尼泊尔。同年年底在北京五道营胡同开了一家名叫“曼陀罗”的藏饰唐卡店，每年义卖唐卡资助藏区儿童。2013年9月在同一个胡同开了一家叫“奔巴”的藏式酒吧，2016年5月，“曼陀罗”小店闭店转行。

每年多次去西藏及尼泊尔采购，且定期休长假旅行：2011年北印度，2012年南印度，2013年泰北、缅甸，2014年印尼、泰南、柬埔寨、马来西亚，2015年菲律宾，2016年埃及、土耳其、阿联酋。

笨鸡

↑笨鸡2015年于肯尼亚

2004年环千岛湖骑行，2005年骑行浙江最高峰黄茅尖，2006年辞职旅行，首次入藏骑行川藏南线，2007年骑行秦岭及秦岭最高峰太白山，2008年再次离职骑行滇藏线，川滇线，徒步穿越梅里雨崩、亚丁。

此后告别辞职旅行，在北京一家IT公司工作至今。仍会利用短暂年假或差旅行走各地，2009年骑行川藏北线，2011年参加拉萨半程马拉松……

并未停止脚步，目前已行走五大洲20多个国家。相信某一天藏区行走的梦还会继续。

骑行攻略

本章仅献给长途骑行发烧友。

条条大路抵圣城，骑车去拉萨，以现代人特有的方式走上朝圣路，这是不少年轻人的梦想。进藏路远比想象中艰苦，建议在积累了一定的长途骑行经验后再选择出发，如环青海湖、环海南岛等，出发前应做好充足准备。

出发时间

建议夏季或初秋出行。夏季高原复苏，气候温暖，各种野花盛开，植被新绿。但要尽量避开雨季，川藏线有不少路段以滑坡和泥石路出名，雨天会增加骑行的风险，每年的雨季集中在夏季的一两个月内，时间不固定，需要拼运气。夏末初秋天气晴朗，层林尽染，景色宜人，但高原地区气温已降低。冬季大雪封山，春季依旧寒冷，空气稀薄，均不建议出行。

食宿

川藏路上以川菜为主，滇藏路前半段则主要是云南菜。穿越无人区时中午要吃干粮，建议早晨出发的时候备齐干粮，推荐馒头、大饼、榨菜、火腿肠。压缩饼干难以下咽，并不受欢迎。每天出发前带两瓶水，很多路段的高山泉水可以直接饮用，口感极佳。（低海拔及湿热地段的生水不能饮用，我为此在排龙拉过肚子）。为防止体力透支可配一定量的葡萄糖粉冲水服用，备好巧克力及士力架、牛肉干等补充热量的零食。

进藏线沿途小旅馆住宿可以讲价，费用在30-50元不等（伴随着入藏游的火爆，价格也在逐年攀升）。如在路边扎营需要带上帐篷、睡袋、防潮垫。

因为物资运输的原因，进藏沿线的物价呈中间贵，两头便宜的形态分布。

线路

川藏，滇藏、川藏北线攻略参见后面表格（里程及海拔为个人统计数据，仅供参考），路上切记安全第一。

装备

好的装备会让旅途更舒适，然而太多的装备会让爬山变得异常辛苦，“骑西藏不多带一张纸”，配置一定要精简。

自行车：建议选择1000元以上的品牌山地车，预算够的话可以自己组装车子，车座要软（适合长途骑行），货架一定要结实（路况越差，货架越容易散架），刹车一定要好（与性命息息相关）。

自行车配件：修车工具1套、撬胎棒1套、内胎2套（爆胎备用）、补胎贴、便携打气筒、备用刹车皮2对、码表（对照攻略对行进距离做到心中有数）、车灯（隧道及夜路使用）。

服装：冲锋衣、冲锋裤、骑行短裤、抓绒衣、长短袖T恤、休闲衣裤。从雪山到峡谷，一天知四季，路上气候变化明显，需随时增减衣服，下坡时风很大，要穿冲锋衣或者防风的衣服。不建议穿太厚的衣服，可以将薄的衣服套在一起穿，方便增减，衣服建议用塑料袋分类装好，防止下雨淋湿。

包：建议选择自行车驮包，取东西会很方便。把登山包捆在车座后面也可以，需要多备点绷带。

其他装备：头盔（安全第一）、遮阳帽（防晒伤）、墨镜（防紫外线）、半指手套（保护手腕，天热时使用）、全指手套（天冷时使用）、魔术头巾（防晒、防吃灰、防冷风、强力推荐！）、反光条（用于提示大车司机）。

洗漱用品：藏区风吹日晒，紫外线强烈，“出发时是吴彦祖，回来时是吴孟达”的故事屡见不鲜，为避免此类尴尬发生，请备好防晒霜及护肤品。

电子用品：手机、相机、充电器、存储卡、移动硬盘及密封塑料袋（防止相机手机淋雨）等。

证件及银行卡：身份证（进藏必须登记）、边防证（选择珠峰等边境地区为旅游目的地时必须携带，也可在西藏办理）、入藏证（非大陆公民需要）、银行卡（推荐邮政储蓄卡，在西藏覆盖较广，大的县城都有网点）。

药品：创可贴、感冒药、板蓝根、止腹泻药等常用药及缓解高原反应的红景天或高原安。

川藏线

川藏线，让人既爱又恨的路，曾经的不屈之路被包装成“中国景观大道”，因为骑行者的大批拥入而变得有些嘈杂，每年暑假都会有大批学生加入其中。虽然如此，川藏线仍然是最经典的进藏骑行路，没有之一。值得一提的是，近年来川藏路变化很大，柏油路逐步取代土石路，许多高山已开通隧道，大大降低了川藏行的艰苦。

Day	里程	S/D及海拔	风景	强度	途经
1	150km	成都512 — 邛崃 — 雅安640	★★	★☆	双流、新津、名山、青衣江
		雅安的青衣江夜色迷人			
2	143km	雅安640 — 新沟1310 — 二郎山隧道2170 — 泸定1330	★★★	★★★☆	青衣江、二郎山、大渡河
		可在新沟住宿分两天骑行，泸定桥为泸定新地标			
3	50km	泸定1330 — 康定2400	★★★☆	★★★	瓦斯、大渡河
		康定，藏区第一城，休整一天，跑马山上跑跑马，就近可搭车去木格措，距康定17km			
4	82km	康定2400 — 折多山4298 — 新都桥3640	★★★★	★★★★★	
		翻过折多山标志着踏上青藏高原。新都桥是摄影师的天堂，早晚时分是摄影的最佳时间。可搭车去塔公寺，距新都桥40km			
5	74km	新都桥3640 — 高尔寺山4412 — 雅江2530	★★★☆	★★★★	雅砻江
6	67km	雅江2530 — 剪子弯山隧道 — 119道班4260 — 135道班	★★★★☆	★★★★★	卡子拉山警务站
		剪子弯山隧道于2015年5月通车			
7	71km	135道班4110 — 卡子拉山4718 — 理塘隧道 — 理塘4014	★★★★	★★★★	雷达站
		理塘，建议休整一天，城北有理塘寺，理塘城西5km有毛垭温泉。格聂神山距理塘70km，稻城亚丁距离理塘146km			
8	186km	理塘4014 — 海子山4685 — 海子山隧道 — 巴塘2589	★★★★★	★★★★	毛垭大草原、海子山警务站、海子山姊妹海、巴河
		毛垭大草原风景壮美，海子山下的姊妹湖是川藏路的主要地标。过海子山后有很多隧道，须注意安全			
9	105km	巴塘2589 — 金沙江大桥2450 — 温泉山庄 — 宗巴拉山4170 — 芒康3870	★★★	★★★★☆	金沙江
		金沙江大桥处在西藏边界，入藏需登记。干热河谷路段，过金沙江后11km可在温泉山庄洗温泉留宿，分两天骑行			
滇藏线与川藏线在芒康汇合					
10	90km	芒康3870 — 拉乌山4338 — 竹卡大桥（如美镇）2640 — 觉巴山3930 — 登巴3440	★★★★	★★★★★	红土大道、澜沧江
		一日两山，觉巴山挑战不小，可在如美镇歇一天			
11	76km	登巴3440 — 荣许4045 — 东达山5008 — 左贡3877	★★★	★★★★	玉曲
		东达山，第一座海拔超过5000m的大山垭口			
12	108km	左贡3877 — 邦达4015	★★★☆	★★★	玉曲 田妥
		玉曲开阔河谷，可能会逆风骑行			
川藏北线与川藏线在邦达汇合					
13	97km	邦达4015 — 业拉山4658 — 72拐 — 怒江桥2740 — 八宿3260	★★★★	★★★★	怒江
		撼人心魄的怒江72拐，川藏路的标志			
14	91km	八宿3260 — 安久拉山4475 — 然乌3850	★★★★☆	★★★☆	然乌湖、来古冰川
		然乌，藏东南重镇，建议休整一天，骑车或搭车去来古冰川，或者干脆冲着然乌湖发呆一天			
15	132km	然乌3850 — 中坝3330 — 波密2750	★★★★★	★★	米堆冰川 松宗
		让人尖叫的路段，一路雪山和雪山森林看不够。建议去米堆冰川，米堆冰川距川藏公路8km，岔路口距离然乌38km，波密，建议停留一天，去波密附近的岗乡徒步			
16	107km	波密2750 — 古乡 — 通麦隧道 — 通麦2070 — 排龙2030	★★★★	★★★	易贡地质公园
		曾经最危险的路段，古乡路段经常被洪水淹没，通麦路段泥石流塌方频发，雨天尤需注意，建议住排龙，可以洗野温泉。排龙是徒步雅鲁藏布大峡谷的起点			

Day	里程	S/D及海拔	风景	强度	途经
17	55km	排龙2030 — 鲁朗3285	★★★★	★★★	鲁朗河 鲁朗田园 东久
		鲁朗田园迷人，鲁朗石锅鸡是川藏路上的特色美食			
18	76km	鲁朗3285 — 色季拉山4728 — 八一2930	★★★★☆	★★★★	鲁朗林海、南迦巴瓦峰、尼洋河
		翻色季拉山的路上，极目眺鲁朗林海，5月可观赏漫山的杜鹃花，色季拉山垭口是观赏南迦巴瓦的最佳地点			
19	128km	八一2930 — 工布江达3440	★★★☆	★★☆	尼洋河 秀巴古堡
		每年春季，尼洋河畔桃花烂漫。可搭车前往巴松措，距离工布江达55km			
20	97km	工布江达3440 — 松多4300	★★★☆	★★★	尼洋河、中流砥柱
		可在松多泡温泉			
21	108km	松多4300 — 米拉山5013 — 墨竹工卡3830	★★★	★★★☆	
22	68km	墨竹工卡3830 — 拉萨3650	★★☆	★	拉萨河、达孜
	着急的话，最后两天可并作一天，但是到达拉萨天已经黑了。建议在墨竹工卡歇一天，洗去一路风尘再去朝见圣殿，它会在下午的阳光下欢迎你				

●滇藏线

滇藏线，融合了白、纳西、彝、藏等多民族风情。大理、丽江、香格里拉，茶马古道上的古城广迎天下客，也给骑行者带来情致。梅里雪山是滇藏路上耀眼的明珠，然而一睹它的尊容不但要付出体力更要拼上几分运气，梅里雪山下的雨崩村，无公路可达，是徒步者心中的圣地。

Day	里程	S/D及海拔	风景	强度	途经
1	125km	大理2000 — 下关 — 松桂1930 — 鹤庆2200	★★★☆	★★★☆	洱海
		从大理古城出发，沿洱海西侧骑行，尽览洱海风采，喜洲古镇亦可停留。在下关亦可选择走214国道往剑川方向去丽江			
2	44km	鹤庆2200 — 丽江2390	★★★☆	★★	海草镇
3	100km	丽江2390 — 虎跳峡镇1860 — 中虎跳	★★★☆	★★★★	
	中虎跳徒步一天，建议选择东环线，虎跳峡风景一览无余，风景优美，人烟稀少，但旅途艰苦，亦可走214国道去小中甸，至香格里拉可节省一天时间				
4	72km	中虎跳 — 哈巴村 — 白水台	★★★★☆	★★★★☆	下虎跳、哈巴村
		沿着金沙江而下，折向北翻哈巴垭口，经哈巴雪山			
5	55km	白水台 — 九龙镇	★★★★★	★★★★	
		白水台可游览半天，道全线风景优美，经过安静的藏族、彝族村落			
6	48km	九龙镇 — 香格里拉3280	★★★★	★★★	
		翻上大山后，进入高山草甸，进入香格里拉，标志着正式踏上青藏高原			
7	111km	香格里拉3280 — 尼西3150 — 奔子栏2050 — 书松2850 金沙江、马蹄湾、东竹林寺	★★★★	★★★★	
	畅享滇藏路上最大的下坡，行至谷底再次与金沙江同行，奔子栏之后爬升大山至书松，为翻越白马雪山做准备，途中可俯瞰金沙江马蹄湾。先下山，再上山，跌宕起伏的一天				
8	92km	书松2850 — 白马雪山4300 — 德钦3250 — 飞来寺3390	★★★★★	★★★★★	白马雪山、梅里雪山
	最艰苦、最激动人心的路段，白马雪山山高路险，为了不骑夜路，一定要提早出发。白马雪山之后，天气好的话梅里十三峰会一字排开欢迎你 可选择投宿德钦县城，建议再走11km去飞来寺，那里是看梅里日照金山的最佳地点 飞来寺，坐览梅里雪山，建议休整一天。强烈建议徒步爱好者去雨崩徒步，近距离触摸梅里雪山，往返行程3-5天，单车可寄存在飞来寺				
9	102km	飞来寺3390 — 佛山2250 — 西藏界碑 — 盐井2650	★★★★	★★★★	梅里雪山、澜沧江
		飞来寺-盐井全线是澜沧江干热河谷。盐井制盐工艺历史悠久，可包车前往盐田参观			
10	105km	盐井2650 — 红拉山4448 — 芒康3875	★★★★	★★★★☆	
滇藏线与川藏线在此汇合					

川藏北线

从羌藏碉楼到最大的印经院，从最美民居到最大的佛学院，这条线路集中了太多的寺庙和文化遗迹，必是撞击心灵的文化之旅。少了人声鼎沸，多了天高地阔，可让人从古建遗存和喇嘛的言谈中静静品味藏文化的博大精深。

Day	里程	S/D及海拔	风景	强度	途经
1	111km	成都512 — 都江堰710 — 映秀890	★★	★☆	青城山大桥
	大地震地质遗迹清晰可见，映秀前有隧道，注意安全				
2	57km	映秀890 — 卧龙1850 — 熊猫沟57km	★★★	★★★	巴郎河
	沿巴朗河逆流而上，为翻越巴朗雪山做准备，身处大熊猫保护区，但绝对看不到大熊猫				
3	90km	熊猫沟2093 — 邓生保护站2750 — 巴朗山4481 — 日隆3200	★★★☆	★★★★	四姑娘山
	巴朗山，类似南线上的折多山，是进藏路上的第一座大山，标志着踏上青藏高原。巴朗山之后的山路是观看四姑娘雪山的最佳地点。日隆是四姑娘山徒步的大本营，徒步爱好者不容错过				
4	110km	日隆3200 — 小金2300 — 丹巴1800 — 双桥沟 — 夹金山 — 达维会师纪念碑 — 沃日土司官寨 — 猛固桥 — 墨尔多庙	★★★★	★★★	
	享受海拔落差1000米的大坡，途经红军长征会师地维达，大小金川战役遗址，小金后正式进入嘉绒藏区。丹巴有最美藏寨和碉楼，建议就近选择一两个藏寨参观：如甲居、梭坡、中路				
5	111km	丹巴1800 — 疙瘩梁子3906 — 八美3450	★★★☆	★★★☆	东谷河、牦牛谷、东谷温泉、雅拉雪山、惠远寺
	沿东谷河上行穿越牦牛谷，海拔再次提升1000m，疙瘩梁子上可一览雅拉雪山胜景。体力不支可在垭口下7km的二道班投宿。惠远寺在垭口下15km处，可投宿那里。第二天一早参观寺庙				
6	81km	八美3450 — 松林口3956 — 道孚2970	★★★★	★★★★	格萨尔寺、然姑寺、龙灯大草原 松林口警务站、默日杰曲、道孚灵雀寺
	草原、森林错落有致，在道孚可参观灵雀寺				
7	69km	道孚2970 — 炉霍3190	★★★☆	★★★	鲜水河、地震纪念碑
	沿鲜水河逆流而上，一路浏览最美藏族民居——道孚民居。可从炉霍包车前往色达，五明佛学院位于色达县20km外的山谷里，环绕其四周的藏屋宛若银河中的星辰,让人叹为观止				
8	99km	炉霍3190 — 罗锅梁子3989（51km）— 甘孜3360	★★★★	★★★★☆	鲜水河、卡萨湖、罗锅梁子警务站
	翻越罗锅梁子之前是美丽安静的卡萨湖。甘孜城推荐甘孜寺，下午的时候有辩经活动不容错过				
9	94km	甘孜3360 — 无名垭口4043 — 马尼干戈3866	★★★★★	★★★★	雅砻江观景台、绒坝岔草原、大金寺
	步入广阔的高原，一路上田园风光迷人				
10	116km	马尼干戈3866 — 雀儿山垭口5050 — 德格县城3264	★★★★☆	★★★★★	新路海、雀儿山三至六道班、门查寺 色曲、德格印经院、更庆寺
	最具挑战的路段，翻越川藏之巅雀儿山，翻山前会路过新路海。一天翻越非常辛苦，分两天翻越可在雀儿山脚下三道班投宿。德格历史悠久，建议在德格休整一天，参观印经院及更庆寺				
11	116km	德格3264 — 金沙江大桥3031 — 矮拉山垭口4447 — 江达3546	★★★★☆	★★★★☆	色曲、萨迦瓦拉寺、多曲（瓦拉河）
	金沙江大桥处在西藏边界，入藏需登记。矮拉山垭口壮美，翻越横断山脉，旅途艰辛				
12	120km	江达3546 — 雪集拉山垭口4347 — 宋拉夷山垭口4496 — 妥坝乡3953	★★★☆	★★★★	
13	115km	妥坝乡3953 — 昌都3245	★★★☆	★★★☆	达玛拉山峡谷、热曲、扎曲、澜沧江
	藏东第一城昌都坐落于澜沧江畔，连续翻山辛苦，建议休整一天				
川藏北线由昌都继续向西740km，在那曲与青藏线汇合					
14	68km	昌都3245 — 年拉山垭口3465 — 吉塘镇3234	★★★	★★★	
15	110km	吉塘镇3234 — 浪拉山垭口4572 — 邦达机场4370 — 邦达4120	★★★	★★★★☆	邦达机场
	邦达机场至邦达地势开阔，风大缓上坡，骑行艰苦。邦达机场可提供住宿				
川藏北线在邦达与川藏南线汇合					

白水台
秦岭
怒江
日瓦
通麦
白马雪山
炉霍
巴塘
八美
虎跳峡
大小雪山
波密
澜沧江
浪都
工布江
318
4321

西藏十年路，谨献给我的“小红”

大香格里拉

一个人的行走范围，就是他的世界